Erotische Leidenschaften

Günther Brückner

Erotische Leidenschaften

Kurzgeschichten

Bibliografische Information der Deutschen Bibliothek:
Die Deutsche Bibliothek verzeichnet diese Publikation in der Deutschen
Nationalbibliografie; detaillierte Daten sind im Internet über
<http://dnb.ddb.de> abrufbar.

© 2005 Günther Brückner
Herstellung und Verlag: Books on Demand GmbH, Norderstedt
ISBN 3-8334-3120-2

Inhalt

Vorwort

«Erotische Leidenschaften» sind zwei Wörter und beim Hören oder Lesen dieses Satzes schaltet das menschliche Gehirn um auf Sexualität, auf etwas was Frauen und Männer tun, worüber aber nicht öffentlich oder mit Fremden gesprochen wird.

Zwei Wörter, die tabu sind. Ist es richtig, diese zwei Wörter einzuklammern, «man darf nichts sehen, nichts hören und nichts sagen?»

Die Leidenschaft der erotischen Liebe, sexuell zu verkehren, ist eine menschliche Begebenheit. Darüber nachzudenken und zu sprechen ist nicht verboten. Und wenn in diesem Buch von Torschlusspanik geschrieben wurde, dann wird das Schicksal einer Frau geschildert, die seit Kriegsbeginn 1939 praktisch Strohwitwe ist, weil ihr Ehemann als Soldat eingezogen wurde. Seit 1945 war Frieden und 1946 war der Soldat noch nicht zu seiner Ehefrau zurückgekehrt, hat sich nicht aus der Kriegsgefangenschaft gemeldet. Seine Frau denkt: «Ist er tot?» Sie ist 40 Jahre alt und hat ein sexuelles Begehren und erahnt ihre Wechseljahre. Was ist da schändlich, wenn sie bei einem anderen Mann sexuelle Erfüllung findet.

Ein Mädchen wird im ersten Kriegsjahr 1939 von einem deutschen Soldaten defloriert, geschwängert und gebiert ein Kind. Der Soldat bleibt nicht an diesem Ort, verschwindet aus dem Sichtfeld des deutschen Mädchens. Der Krieg ist aus, die Deutschen müssen Polen verlassen. Wie geht das Leben dieses Mädchens in Deutschland weiter?

Mitte des vorigen Jahrhunderts bändelt ein junges Mädchen bei ihrem unbekannten Cousin an. Wie endet diese Tändelei?

Ein Krankenpfleger arbeitet in der Klinik, wo Männer und Frauen in das gegenteilige Geschlecht umgewandelt werden. Der Pfleger muss erkennen, dass er Frauen geschlechtlich nicht begehrt, sondern andersartig ist. Er ist verkehrt gepolt.

Zwei Frauen treffen sich zehn Jahre nach ihrer Schulentlassung zufällig wieder und bei einem beiderseitigen Besuch stellten sie fest, dass sie in der Erotik andersartig sind.

Ein Hauptbuchhalter und seine Buchhalterin werden auf einen Weiterbildungslehrgang delegiert. Beide erfahren neben der beruflichen Qualifizierung, dass es auch Menschen gibt, die weiblichen und männlichen Geschlechts in einem Körper sind.

Ein junger Mann ist erwachsen und geschlechtsreif geworden und will sein Können im Liebesbereich erproben und unter Beweiß stellen. Er hat damit Schwierigkeiten, aber zuletzt ist er Gewinner. Zuletzt erfahren sie von einem Ehepaar ihr Schicksal, dass in den Dreißigerjahren des vorigen Jahrhunderts begonnen hat. Der noch nicht alte Ehemann ist impotent geworden, er konnte seine jüngere Frau in der Liebe nicht mehr bedienen. Sie wollte auf ihren bisherigen Sex nicht verzichten, war hungrig auf geschlechtliche Liebe. Sie suchte und fand einen Liebhaber, ging mit ihm fremd, es kam zum wiederholten Ehebruch. Die Frau wurde schwanger und flüchtete mit dem Erzeuger des Kindes nach Polen und lebte dort unter ihren bisherigen deutschen Namen, da sie sich nicht hat scheiden lassen.

Nach Beendigung des zweiten Weltkriegs wurden alle Deutschen aus Polen vertrieben und sie fand mit ihrem Sohn in Deutschland eine neue Heimat. Der Sohn wird erwachsen und heiratet ein Mädchen. Die Mutter wird älter und es gibt Schwierigkeiten zwischen jung und alt. Der Sohn wartet auf den Tod der Mutter, und wie er sich äußerte «gibt die Alte ihren Löffel nicht ab, stirbt einfach nicht». Ein staatliches Amt nimmt sich der alten Frau an, sie stirbt in Unfrieden mit ihrem Sohn und der Schwiegertochter.

Schicksale dieser Art sind in diesem Buch zu lesen und sie werden feststellen, dass es trotz Erotik kein Pornobuch ist, das sie in den Händen halten.

Torschlusspanik

Fünf Jahre und acht Monate dauerte der zweite Weltkrieg. Nun, Anfang Mai 1945, war der Krieg zu Ende. Der Brandstifter Hitler hat sich mit seiner Geliebten Eva selbst das Leben genommen, seine Mittäter sind gefangengenommen, andere hielten sich versteckt oder sind ins Ausland geflohen, hauptsächlich nach Südamerika.

Der Frieden ist eingetreten. Endlich hat das Schießen und Morden ein Ende. Die Menschen in Deutschland, aber auch in der Welt atmen auf. Langsam zieht Freude in den Herzen der Menschen ein.

Mit der Freude kamen auch die Sorgen. Es gab viele Tote in diesem Krieg. Als noch Ordnung in den Schreibstuben der Wehrmacht war, wurden die Angehörigen der gefallenen Toten davon in Kenntnis gesetzt, dass den Ehemann, den Vater, den Verlobten oder den Sohn der Heldentod ereilt hat und sie mit militärischen Ehren in Würde beerdigt wurden. Man soll nicht davon ausgehen, dass das mit den militärischen Ehren immer gestimmt hat. Die Granaten kamen geflogen, Einschlaglöcher haben sich gebildet, Eile war Not, der Rückzug der Truppen bahnte sich an. Was tun mit den toten Soldaten? Die Leiche wurde in einen Granattrichter gelegt und mit ein paar Schippen Erde bedeckt. Oder eine daneben explodierende Granate tat diese Arbeit des Eingrabens. Im schlimmsten Fall waren von der Leiche nur Einzelteile vorhanden, wir wollen darüber lieber nicht sprechen. Es war nun Frieden und mit dem offiziellen Heldentod war es vorbei. Außer in den Gefangenenlagern und den Himmelfahrtskommandos, wo weiter gestorben wurde. Da starben immer noch Landser wie die Fliegen weg. Wir wollen lieber nicht über die Schuldigen reden. Aber doch muss daran erinnert werden, dass die Nazis und die Militärs, die den Krieg geplant, begonnen und ausgeführt haben, also die Deutschen, die größte Schuld an allem, was kam und noch kommt, haben.

Diese schlimme Zeit ist nun Vergangenheit und wir richten unseren

Blick in die Gegenwart. Und diese ist so, dass nach und nach die ehemaligen deutschen Soldaten in die Heimat zurückkehren, sei es durch Flucht oder sie werden aus der Gefangenschaft entlassen. Die Heimkehrer freuen sich, dass sie den Krieg überstanden haben, dem Inferno entflohen und zu Hause sind. Die Daheimgebliebenen sind glücklich über die Heimkehr ihres Liebsten.

Über dieses Zusammensein der Familien wollen wir nicht weiter nachdenken, sondern uns dem Leben der anderen Menschen zuwenden, wo es noch kein Wiedersehen gegeben hat. Schwer war das Warten in der damaligen Zeit. Jeden Tag auf den Postboten hoffen und immer wieder kein Lebenszeichen. Verzweiflung kommt auf. Hat es noch einen Sinn weiterzuleben. Bin ich schon eine Witwe?, denkt so manche Frau, ob jung oder schon älter. Fünf Jahre lang in meiner Ehe war ich schon ohne meinen Mann, Jahre ehelicher und sexueller Enthaltsamkeit. Fünf Jahre eine Nonne ohne Liebe, ohne Beischlaf! Herrgott, wir haben doch einmal aus gegenseitiger Liebe geheiratet und wollten auch Liebe machen. Das ist doch der Sinn des Lebens. Die paar Urlaubstage, in denen wir unseren Liebsten im Bett hatten, waren nur flüchtige Begegnungen, das zählt doch gar nicht. Und die Gedanken meines Mannes waren schon nicht mehr bei mir. Die Gedanken waren schon beim Urlaubsende. Mit Angst wurde schon an die Rückfahrt zur Front, vielleicht an den Tod gedacht.

Wieder ist eine Woche vorbei und weitere Wochen folgen, ohne dass eine erwünschte Nachricht gekommen ist. Warum keine Post, kreisten die Gedanken im Kopf herum. Wofür werde ich bestraft?

Die Nachbarin, Gerlinde, auch sie wartet auf ihren Mann, kommt bei Else zu einem Plausch vorbei. Wie üblich wird darüber gesprochen, ob noch keine Nachricht von den Männern gekommen ist. Beide müssen diese Frage verneinen. Aber Gerlinde hat eine Neuigkeit. In der benachbarten Kleinstadt in der Altmark hat eine Frau im Geheimen ein Gewerbe aufgemacht. Es darf nur von Mund zu Mund darüber gesprochen werden, das Gewerbe ist nicht erlaubt. Else sagte darauf,

«Gerlinde, mach es nicht so spannend, sag doch endlich, um was es sich handelt, oder hat sie vielleicht einen Puff aufgemacht?» Gerlinde zu Else: «Aber nein! Doch keinen Puff, sie hat ein Wahrsager-Institut eröffnet.» Aus Spielkarten kann diese Frau lesen, ob der Mann noch lebt, gesund ist oder bald nach Hause kommt. Und Else fragt zurück: «Ist das wirklich wahr, was du da sagst, diese Frau kann tatsächlich wahrsagen? Vielleicht noch mit einem schwarzen Kater auf der Schulter und Kaffeesatz dazu?» «Ich weiß es nicht», antwortete Gerlinde, «man sagt wer kein Geld für die Bezahlung der Wahrsagung hat, kann auch mit Lebensmitteln bezahlen. «Nun», meint Else, «ich würde mich schon dafür interessieren, ob sie über meinen Mann Richard was weiß und er noch lebt. Wollen wir nicht gemeinsam einmal zu dieser Dame hinfahren und einen Besuch machen?» «Es ist eine gute Idee», sagte Gerlinde, «ich mache mit! Wenn ich einen Termin bei der Wahrsagerin habe, sage ich dir gleich Bescheid und wir beide machen einen Versuch.»

Nach einer bestimmten Wartezeit, das richtete die Wahrsagerin so ein, um die Sache spannend zu machen, hatten die beiden Nachbarinnen nun ihren ersten Termin, wo sie die Wahrheit über das Schicksal ihrer Männer erfahren sollten. Natürlich erfolgte eine Einzelabfertigung, sodass eine der beiden draußen im Vorraum warten musste.

Endlich, ohne viel Schnick und Schnack wurden die Spielkarten auf den Tisch gelegt, durch die Kundin gemischt und von der Wahrsagerin auf dem großen Tisch ausgebreitet. Die Karten wurden hin und her geschoben und zu einem neuen Bild zusammengelegt, wobei sie auch unverständliches Zeug flüsterte. Am Ende der Sitzung erfuhr jede Kundin, so wie sie es hören wollte. Der Mann ist gesund, Essen ist miserabel, hungern braucht er nicht, hat leichte Arbeit zu verrichten, wann er aus der Kriegsgefangenschaft entlassen wird, ist heute noch nicht erkennbar. Bei der nächsten Sitzung werden wir mehr erfahren und wissen. Ein neuer Termin wurde ausgemacht. Ein bestimmter Preis wurde für das Kartenlegen nicht verlangt, aber soviel wie die Kundin aufbringen und bezahlen konnte. Der Kundenkreis der Wahrsagerin wurde groß und größer. Die Wahrheiten aus den Karten ähnelten sich sehr, sodass das Geschäft blühte und sie von den Einnahmen leben konnte. Die Frauen hatten Hoffnung, dass der Mann lebt und bald wieder nach Hause kommt.

Diese Wahrsagungen veränderten aber nicht die Tatsachen, dass die Frauen weiterhin allein in ihren Doppelbetten schlafen mussten. Anstatt beim Mann unter die Decke zu kriechen, sich an seinem Körper zu wärmen und schöne Sachen dabei zu machen. Viele der Frauen waren bei Kriegsausbruch um die 35 Jahre alt und noch voller Liebeslust. Nun, fünf, sieben Jahre später, wurden sie 42 Jahre alt und hatten Angst, in die Wechseljahre zu kommen, ohne noch einmal das Glück eines Beischlafs zu erleben.

Unsere Frau Else hatte das Pech oder das Glück, wie man es von allen Seiten betrachten wollte, oder einen Schicksalswink.

In ihrem Haus wurden nach dem Kriege einige Wohnräume als Wohn- und Arbeitszimmer beschlagnahmt und von einer kleinen Gruppe von Soldaten der Roten Armee, die Telefontechniker waren, bewohnt. Else hatte die Aufgabe, Mittagessen für die Soldaten zu kochen, wovon sie auch satt wurde. Neben Mieteinnahmen und Essen kochen hatte sie auch Zuschüsse von Lebensmitteln, die in ihren Haushalt flossen. Also etwas Gutes für die Einquartierung, wobei gesagt werden sollte, dass sich die Soldaten anständig verhielten und nicht aufdringlich wurden. Es waren junge Soldaten, sodass Else keine sexuelle Gefahr befürchtete.

Natürlich war dieses Telefonkommando nicht sich selbst überlassen, sondern wurde regelmäßig von einem Hauptmann der Sowjetarmee, der in der benachbarten Kleinstadt stationiert war, überwacht indem er die Soldaten öfter besuchte. Neben den dienstlichen Angelegenheiten sprach er auch mit Else, ob sich die Soldaten anständig benehmen.

Else war gästefreudig und brühte Bohnenkaffee zu diesem Gespräch auf und lud den Hauptmann und mich, der zu einem Besuch anwesend war, zu einem Kaffeetrinken ein. So wurde ich mit dem Hauptmann, der mit Vornamen Michael hieß, bekannt. Er konnte perfekt deutsch sprechen, war hochintelligent und im Zivilberuf Lehrer. Auch seine Ehefrau war Lehrerin. Wir unterhielten uns über Krieg und Frieden, die Abscheulichkeiten, die im Krieg geschahen, und er sah auch meine Kriegsverletzung, die er sehr bedauerte. Wir sprachen auch über seine Frau und ich fragte, wo sich diese befinde. «Schlimm, schlimm ist es mit meiner Frau ausgegangen.» Anfang des Krieges, als die deutschen Truppen vorrückten, wurden die Schulkinder mit den Lehrerinnen der Schule, in der seine Frau auch Lehrerin war, in Eisenbahnzüge verladen, um in den Osten evakuiert zu werden. Mitten auf der Strecke wurde der Eisenbahnzug durch deutsche Flugzeuge beschossen und mit Bomben beworfen. Es gab viele tote Kinder und Lehrerinnen, auch seine Frau wurde getroffen und fand ihren Tod. «Ja», sagte er, «jeder Krieg ist schlimm, viele Menschen mussten sterben.» Hauptmann Michael hatte einen guten Cognac mitgebracht und so tranken wir ein paar Gläser, auch Else saß am Tisch und trank mit. Ich hatte an dem Tag noch etwas anderes vor, verabschiedete mich und ging.

Der getrunkene Cognac und die Nähe eines Mannes, der in Elses Alter war und vielleicht ein leichter Schwips bei Else, hatten bei ihr ein kleines Glücksgefühl ausgelöst. Die Schmetterlinge in Elses Bauch fingen an zu flattern. Aber auch den Hauptmann Michael überkam eine Lust nach einem Frauenleib, sein Glied erstarkte und er hatte ein Verlangen, in den Schoß der Frau einzudringen. Solche Gefühle kommen, gehen aber manchmal wieder. Wir hatten über seine Frau gesprochen und das erinnerte ihn an schöne Liebesstunden vor langer Zeit. Da kommt dann ein solches Verlangen auf Wiederholung.

Else hatte Lust, Liebe zu machen, Michael hatte dieselbe Lust. Aber vorher musste ein Feuer entfacht werden. Michael begann mit einem zärtlichen Kuss auf Elses Mund, den sie erwiderte. Warum nicht, sie waren beide allein im Zimmer. Der Anfang war gemacht. Michael nahm die Hand von Else in seine Hand und führte ihre Finger an den Hosenschlitz, wo sein bestes Stück bereits erigiert war. Else konnte nicht

13

wiederstehen. Ein Glücksgefühl wie lange nicht durchglühte ihren heißen Körper und ihre Lippen wurden unten ganz feucht. Ihr erster Widerstand oder Anstand, ein flüchtiger Gedanke an ihren fernen Mann, verflüchtete sich, wenn es solches gab.

Die Lust und das Verlangen nach einem schönen Beischlaf waren stärker, als alle anderen Gedanken und Abwägungen. Sie fasste seine Hand an und sagte: «Komm mit mir, ich habe große Sehnsucht nach deinem Liebesstengel, wir gehen in mein Schlafzimmer, da sind wir ungestört.» Beide gingen die Treppe zu dem oberen Stockwerk hinauf, in das Zimmer, welches ihr Liebestempel werden sollte. Der im Schloss steckende Schlüssel wurde herumgedreht und die Tür war abgeschlossen. Schnell entledigten sich beide ihrer Kleidung.

Else war es ja etwas peinlich, nun splitternackt vor einem fremden Mann dazustehen, es waren ja nur ihre Brüste und der behaarte Schoss zu sehen, ihre Liebesgrotte zwischen ihren Oberschenkeln war ja unsichtbar. Anders war Michaels Körper anzusehen, Er hatte eine behaarte Brust und seine Schamhaare über seinem Geschlecht waren bis zum Bauchnabel gewachsen. Hätte Michael nicht schon einen Ständer, der straff stand, im erschlafften Zustand wäre sein Glied in seinen Haaren kaum zu sehen.

Die Bettdecke wurde aus dem Bett entfernt und beide legten sich nebeneinander ins Bett und liebkosten sich gegenseitig an den bewussten Stellen um ihre Wollust zu steigern. Else hatte Angst, dass sich bei Michael vorzeitig ein Samenerguss einstellen könnte, weil das Küssen und das Streicheln die Spannung schon auf Hochglut brachte. Sie wollte endlich zu Sache kommen, brachte ihren Körper in die richtige Stellung, legte sich auf den Rücken und spreizte ihre Beine soweit wie nur möglich. Nun lag ihre Muschi frei vor seinen Blicken. Die äußeren großen Lippen waren geöffnet und schon von Feuchtigkeit benetzt. Bevor Michael sie besteigen sollte, hatte Else noch einen Wunsch. Er musste erst noch ihre erbsengroße Klitoris zärtlich berühren und leicht massieren, so das sie sich aufrichtete und vergrößerte. Dann sagte Else: «Ein Kondom brauchst du nicht überzuziehen, ich bekomme keine

Kinder mehr, die Eileiter sind durchtrennt.» Nun flehte sie: «Komm, komm doch endlich und besteige mich, ich brauche Liebe, bin so ausgehungert und weiß gar nicht mehr, wie das ist.» Sie streichelte sein Glied und führte dieses an die Öffnung der Vagina und ließ den Liebesgott in ihren Körper eindringen. Else fiel fast in Ohnmacht vor Wollust und genoss den Liebesakt in vollen Zügen.

Kann man die Sehnsucht einer Frau auf eine sexuelle Befriedigung verstehen? Man kann! Denn Sex ist ein menschliches Verlangen, welches Erlösung sucht und findet. Diese Liebesbeziehung, zwischen Else und Michael sollte nicht einmalig sein, sondern sie wiederholten sich in Abständen immer wieder. Im Jahre 1948 wurde das Telefonkommando aufgelöst und Hauptmann Michael musste nach Russland in seine Heimat zurückkehren. Hier endete nun der Liebestraum.

Else hatte sich sehr an ein geregeltes Liebesleben gewöhnt, eine Selbstbefriedigung brachte nichts, sodass sie auf eine Beziehung mit einem anderen Mann nicht verzichten wollte. Von ihrem Ehemann war immer noch nichts zu hören, sodass sie annahm, dass er tot sei. Von der Wahrsagung hatte Else Abstand genommen, denn das war doch nur Lug und Trug.

Ich weiß nicht, wie Else einen acht Jahre jüngeren Mann kennengelernt und in eine Beziehung gekommen ist. Ihre Gier nach Sex war immer noch sehr stark, da findet auch eine Frau Mittel und Wege, einen Mann ins Bett zu bekommen. Else hatte genügend und erlesene Lebensmittel, sodass ihr Beischläfer sich daran labte und ein schönes Leben führte. Gewiss, dieser Mann hatte ein Arbeitsverhältnis in der Nachbarstadt, aber sein Einkommen war nicht allzu hoch. Durch die Liebschaft mit seinem Vorgänger, dem *Michael*, hatte Else einiges bei der Liebesstellung dazugelernt, das sie ihrem neuen Liebhaber beibrachte und er ihre Wollustorgane damit erfreuen musste. So, wie sie diese besonderen Praktiken bei sich anwenden ließ und ihre Wollust genoss, hatte auch ihr neuer Beschäler seine Lust daran. Wie gedacht, es war kein Liebesleben, sondern reine Sexlust und Sexgier.

Die Begierden, die während der Kriegszeit unterdrückt wurden, oder Masturbieren als Ausgleich, waren gar nichts gegen das Können und Einfühlungsvermögen dieses jungen Mannes als Liebhaber. Es könnte immer so heiß weitergehen.

Es war um die Mitte des Jahres 1949. Plötzlich stand der Ehemann, der die ganzen Jahre in russischer Gefangenschaft gewesen ist, an ihrer, seiner Haustür und war wieder zu Hause. Er war körperlich nicht in bester Form und als getrauter Ehemann war er nicht in guter Verfassung, man kann sagen, tote Hose. Er konnte nicht mehr bumsen. Weil er nicht konnte, was eine Frau gerne möchte, war schlechte Stimmung. Nun, als er sich zu Hause wieder eingelebt hatte und mit Bekannten ins Gespräch kam, wurde ihm erzählt: «Du, deine Frau war dir in letzter Zeit nicht treu, sie ging fremd, sie hatte einen Liebhaber.»

Von der Liebschaft mit dem Hauptmann Michael wusste keiner und niemand konnte ihm was sagen. Also nur von dem letzten Beischläfer war etwas bekannt. Die Aussprache der beiden Eheleute war erfolglos. Else sagte es ihm: «Ja, ich hatte einen Liebhaber, ich wollte noch einmal was erleben mit meinem Geschlechtsorgan. Wie lange funktioniert dieses noch? Du hast dich die ganzen Jahre nicht gemeldet und in der letzten Zeit dachte ich, du bist tot. Verzeih mir deswegen, ich bin auch nur eine Frau, wie auch kein Mann ein Mönch ist und Liebeswünsche hat. Verzeih, ich bin dir jetzt wieder treu. Der Ehemann konnte die Entgleisung und das Fremdgehen seiner Frau nicht verstehen, dass das Torschlusspanik war, in die seine Frau ungewollt hineingerutscht war. Der hässliche Krieg hatte Schuld an der Misere des Ehebruchs. Der Ehemann ließ sich von seiner Frau, mit der er gerade nur sieben Jahre bis zu seiner Einberufung als Soldat zusammenlebte, scheiden.

Nach zwei Jahren hatte sich sein Körper von den Strapazen der Gefangenschaft erholt und er bekam hin und wieder einen Ständer und Lust, eine Frau zu lieben. Er fand eine 15 Jahre jüngere Frau, heiratete diese und zeugte der Frau zwei Kinder. Ende der Fünfzigerjahre verstarb dieser Mann im Alter von 55 Jahren. Er hatte die Folgen der langen Gefangenschaft nicht überwunden.

Else heiratete nach der Scheidung einen Lokomotivführer, einen Ostpreußen, der im Alter von 72 Jahren verstarb. Else überlebte ihn und verstarb im Alter von 82 Jahren.

Das Geschehen dieser wahren Handlung konnte nur auf die Einwirkung des 2. Weltkriegs, der Vereinsamung von Eheleuten zurückgeführt werden und war keine Einzelerscheinung. Es war eine Torschlusspanik. Man soll über das Tun der allein gelassenen Frauen keinen Stab brechen, es war tragisch, aber auch menschlich verständlich.

Ende

Verführung

Am 1. September 1939 befahl Hitler, der damalige Führer und Reichskanzler des 3. Reichs, genannt Deutschland, den Überfall und Angriff auf das Nachbarland Polen, eröffnete hiermit den Beginn des 2. Weltkriegs und dieser Krieg forderte Millionen von Toten in der ganzen Welt. Vom Westen Polens kamen die deutschen Soldaten und vom Osten Polens die Soldaten der Sowjetunion, die sich dem Überfall der Deutschen angeschlossen haben.

Polen befand sich hierdurch im Zweifrontenkrieg und war innerhalb von drei Wochen durch die Nachbarstaaten unterworfen und besiegt worden. Nun war Polen wieder in der Zeit von 1772 bis 1795 angekommen, wo schon einmal Russland, Preußen und Österreich sich den Staat und das Volk der Polen unterjocht hatten.

Erst der 1. Weltkrieg brachte Polen die Freiheit eines eigenen Staates wieder.

Die ehemals eingewanderten, dort sesshaft gewordenen Deutschen, also die Nachkommen, durften im nunmehr neu entstandenen Polen weiter wohnhaft bleiben, da es ja ihre Heimat geworden war. So waren sie bis zum Zeitpunkt des Jahres 1939

Deutsche im Ausland oder die Eltern oder Großeltern hatten die polnische Staatsangehörigkeit angenommen. Neben der polnischen Sprache haben diese dort wohnenden Deutschen ihre Muttersprache als Zweitsprache behalten. Nun, als die deutschen Besatzer gekommen sind, atmeten viele deutschstämmige Menschen auf, denn jetzt hatte das Deutschtum wieder einen Wert bekommen, deutsche Ordnung war nun zu erwarten. So verwundert es nicht, dass die deutschen Soldaten von den Einwohnern deutscher Herkunft freundlich empfangen wurden, die Soldaten waren so genannte Retter. Es waren junge Männer und ihre Uniformen sahen adrett aus. Wie es so war und immer sein wird, war der Geschlechtstrieb der Jünglinge in bester Blüte. Es spielte keine

Rolle, ob sie zu Hause ein Mädel oder eine Verlobte hatten oder nicht. Diese waren weit weg und es gab keine Penetration.

Hier in Polen gab es neue Auswahl und das Schöne daran bedeutete, dass die Mädchen der deutschen Sprache geläufig waren und man sich verständigen konnte. Nicht immer hatten die Soldaten Dienst und Wacheschieben, sie hatten auch freie Stunden, wo sie Land und Leute kennen lernten.

Es blieb bei ihrem Freigang nicht aus, dass sie auf Mädchen stießen, die in Gruppen zusammen standen und sich über die gekommenen Soldaten unterhielten und einschätzten, ob es Liebeleien geben wird.

Wie es heute so ist, waren auch früher die Mädchen an der Bekanntschaft mit einem Mann interessiert, denn beim Erreichen der Geschlechtsfähigkeit kam die Zeit, auszuprobieren was und wie die Liebe so ist.

Die Mädchen lösten ihr Gruppendasein bald auf, denn an einen Schwarm junger Mädchen traute sich ein einzelner junger Soldat nicht heran.

Bei Spaziergängen, wo ein Mädchen allein dahinwandelte, war eine Bekanntschaft einfacher für die Männer.

Das Gespräch begann mit «Guten Tag, so allein mein Fräulein, wäre ihnen meine Anwesenheit und meine Begleitung angenehm? So könnten wir ein Stück des Weges gemeinsam gehen und sie mir aus ihrem Heimatort erzählen.» Wenn das Mädchen an einem Mann interessiert war und Hoffnung auf etwas mehr hatte, so übte sie sich doch in Zurückhaltung. Sie lenkte das Gespräch auf de Heimat des Soldaten, wo er wohnt, was er von Beruf ist, welchen Beruf der Vater hat und ob die Mutter arbeitet. Sind Bruder und Schwester vorhanden, und, und, und, fragten sie sich Löcher in den Bauch. Da kann man viel fragen und viel antworten. Der Spaziergang zieht sich in die Länge und die Zeit vergeht wie im Fluge.

Der Zapfenstreich des Soldaten naht und seine Ausgangszeit ist beendet. Nun rasch zurück zur Unterkunft der Kompanie. Ausserhalb des Lichtscheins der Straßenlampe wird Abschied genommen. Das Mädchen hat Gefallen an dem jungen Mann gefunden und war an einem Wiedersehen interessiert. Der Soldat durfte ihr auf die Stirn ein Küsschen hauchen oder um sicher zu sein, dass er wieder kommt, ein Küsschen auf den Mund geben. Von ihm erfolgte das Versprechen: «Morgen Abend um 19 Uhr sehen wir uns wieder», und sie flüsterte: «Ja, ich komme.» Der erste Kontakt war gemacht und man konnte erahnen, dass es mehr wurde als nur spazieren zu gehen.

Die eine der Mädchen war schneller bei der Sache als die andere. Vor sechzig, siebzig Jahren waren die Mädchen 16, 17 Jahre alt, als sie sich entjungfern ließen, zehn Jahre später begannen sie schon mit 15 Jahren sich begatten zu lassen. Um die Jahrtausendwende 2000 tun sie es schon mit 12 oder 13 Jahren.

Nun zur Zeit unserer Begebenheit gab es auch frühreife und spät reife Fräuleins. Es mag gewesen sein, dass die schnell reifen keine Jungfern mehr waren und es schon ausprobiert haben, das Beischlafen mit einem Mann. Andere Mädchen hatten die Defloration noch vor sich. Es gab in stiller Stunde die Frage, ob bei der Entjungferung viel Blut fließen wird und dem Liebhaber seine Unterwäsche mit Blut getränkt wird oder man sich unten ausziehen soll und das Blut abwaschen kann.

Das nackte Ausziehen war ein weiteres Problem, denn bis jetzt hat noch kein Mann meine Muschi gesehen, dachte das Mädchen.

Abends im Bett grübelte das Mädchen über diese Probleme. Eines war doch sicher und ist immer das eine, die Männer wollen ihren Liebesstängel beim Mädchen reinstecken. Und, meinte das Mädchen, habe ich auch Lust, wenn er das macht? Und wenn dieses Mädchen im Bett selbst ihre Venuslippen mit ihrer Hand zärtlich berührte und sich diese öffneten und sie in den kleinen Lippen an ihr Lustorgan kam und streichelte, so merkte sie, dass das erbsengroße Ding da unten größer und hart wurde und aus den Lippen hervorlugte. Und dann kam so ein Wollustgefühl. Der erstarkte Kitzler machte große Lustgefühle und

20

verlangte nach mehr Berührung, nach einer Befriedigung, nach Erlösung. Ist es das? Die Liebe?, fragte sich das Mädchen.

Sie traf sich mit einem Mädel, das erfahren und schon entjungfert und bereits mit einem deutschen Liebhaber zusammen war und Liebe machte. Vorsichtig erkundigte sich das unschuldige und ängstliche Mädchen, wie blutig eine Entjungferung ist, ob es weh tut und ob es Spaß macht, wenn der Mann auf der Frau liegt und sie fickt. Das gefragte Mädchen sagte, dass es mit der Entjungferung nicht so schlimm ist und es kleine Fische sind.

Wenn also ein Mann das Mädchen unten an der Muschi mit seiner Hand toll scharf macht und die Schamlippen schön feucht sind, dann geht das ruckzuck, wenn er sein Ding reinsteckt, platzt das Häutchen und du bist entjungfert. Du wirst schon erleben, wie lust- und reizvoll das Lieben ist. Anfangs ist es besser, wenn das Mädchen unten liegt und der Mann auf ihr. Er bringt dich schon in Stellung und du kannst dich völlig entspannt der Wollust hingeben. Es gibt viele Stellungen zum Lieben. Später liegt er unten und du oben, dann kannst du es dir machen oder du bückst dich und er macht es dir von hinten. Es gibt viele Posen, du wirst es schon lernen.

Olga, das Mädchen, welche ihre Neugier befriedigt hatte, war 17 Jahre alt. In der Schule hatte sie die 8. Klasse erreicht. Das kleine Einmaleins konnte sie aufsagen und rechnen, sonst aber war sie ein stilles, zurückhaltendes Geschöpf. Die Intelligenz hatte sie nicht mit dem Löffel gefressen, wie man so sagt. Ihre Eltern leben nicht mehr, sie waren bei einem Unfall umgekommen. Olga lebte bei ihrer Großmutter, der Opa war auch schon tot.

Aber sonst war Olga wohl erzogen, ihren Körper hielt sie durch Waschen mit der Seife sauber und roch appetitlich, ihre Wäsche hielt sie propper. Beide waren nicht reich, aber zum Leben reichte das Einkommen aus. Das Grübeln des Mädchens Olga hat ein Ende gefunden.

Andere Mädchen, Schulkameradinnen von ihr, die auch 17 Jahre alt waren und jüngere mit 16 Jahren, zwei Mädchen erst 15 Jahre alt, hatten sich schon einen Soldaten als Liebhaber geangelt. Und nun wollte es auch Olga versuchen und es tun, um nicht hinter den anderen Mädchen als Mauerblümchen dazustehen.

Der beste Ort, um eine Bekanntschaft zu machen, war der Schlosspark, von alten und jungen Bäumen bewachsen. Die gepflegten Wege waren mit Hecken und Gebüschen umsäumt, gaben gute Gelegenheit, Bekanntschaften zu machen, ohne dass man gleich gesehen wurde. Olgas Schritte führten zu diesem Park hin und auf einer Bank des geschwungenen Weges nahm sie Platz und wartete auf die Dinge, die kommen sollten. Es muss erwähnt werden, dass Olga eine grazile Gestalt hatte, 1 Meter 60 groß war, blonde Haare und einen ranken und schlanken Körper hatte. Ein Mädchen zum Anbeißen und Lieben, wenn man es so dasitzen sah.

Sie hatte ein Buch in der Hand und las darin.

Eine Stunde hatte Olga auf der Bank gesessen und keine Hoffnung mehr, das heute noch ein Interessent vorbeikommen würde. Hatte sie einen falschen Platz gewählt? Sie wollte aber auch nicht dem ersten und besten Draufgänger in die Hände fallen, nicht einem Abenteurer, der schon am ersten Abend nur das eine und gleich zur Sache kommen und sie umlegen will.

Olga klappte ihr Buch zusammen und wollte nach Hause gehen. Noch ein Blick nach rechts und dann sah sie einen jungen Soldaten, der langsam ging und rechts und links des Weges die Hecken und Gebüsche betrachtete und heranschlenderte.

Ach, dachte Olga, mit dem Burchen könnte man was anfangen. Er sieht nicht übel aus, ist gepflegt, hatte neben sauberen Schuhen auch eine einwandfreie Uniform an.

«Guten Abend, mein Fräulein», sagte er zu Olga, «ein schöner warmer Spätnachmittag, da macht es Spaß, wenn man im Grünen sich an der klaren sauberen Luft erholen kann. Man riecht direkt den Sauerstoff.

Sie haben das Buch bereits zugeklappt? Sind sie im Begriff, nach Hause zu gehen, ach bleiben sie noch ein wenig, darf ich mich zu Ihnen setzen und noch ein wenig mit ihnen über diese Stadt plaudern? Sie sind doch von hier und kennen diese Stadt.»

Olga sagte: «Wenn Sie es möchten, bleibe ich noch etwas und plaudere mit Ihnen.»

Schnell war der Abend zu Ende und Olga wollte nun nach Hause gehen. «Warten Sie», sagte der Soldat, «es war nett mit Ihnen zu plaudern, ich begleite Sie nach Hause.» Vor Ihrer Haustür sagte er: «Ich bin 20 Jahre alt und heiße Heinz. Ich würde mich freuen, wenn wir uns wiedersehen könnten.» Das Mädchen antwortete: «Ich bin 17 Jahre alt und heiße Olga. Aber ein Wiedersehen, ich weiß es nicht. Es muss schon etwas Ernstes sein.» Ihre Gedanken waren, so schnell darf er mich nicht rumkriegen. Er muss erst noch ein bisschen an der langen Leine zappeln.

«Nun», sagte sie, «wenn nichts dazwischen kommt und ich es mir nicht anders überlege, könnten wir uns übermorgen am Abend um 19 Uhr im Park an der gleichen Bank treffen.» Mit einem Augenaufschlag sagte Olga: «Vielleicht». Ohne eine Formalität sagte sie «Tschüß» und verschwand hinter der Haustür.

Unser Heinz war von diesem frostigen Angebot nicht erbost. Er war keiner von den Draufgängern, die die Burg gleich erstürmen wollten. Alles braucht seine Zeit. Zu Hause, in seiner Heimat, hatte er noch kein Mädchen berührt, noch geküsst. So musste er das Zusammensein mit einem Mädchen, erst hier in Polen erlernen. Ein bisschen Angst hatte er schon, wenn die Bekanntschaft mit Olga ernst und fest werden würde und das Mädchen mehr haben wollte, als nur ein paar Küsse und sein Ding zwischen ihren Beinen tätig werden sollte. Im Bett hat er schon des Öfteren einen Ständer bekommen. Zuletzt waren seine Gedanken, abwarten, kommt die Zeit heran, wird es schon einen Rat geben.

Es war vorauszusehen, dass die Bekanntschaft in kleinen Schritten erfolgen würde. Es begann mit dem Händchen halten, dem Streicheln derselben. Mit der Hand beim Mädchen über die Kopfhaare streicheln, mal ein zartes Küsschen auf dem Ohrläppchen. Auf die Stirn einen

Kuss hauchen und dann endlich von Heinz einen Kuss auf Olgas Mund pressen und Olga küsst zurück.

Das Treffen der Beiden hat sich in die Länge gezogen. Jetzt wo sie sich innig küssten, wurde es für Heinz schmerzhaft. Sein Phallus wurde bei dieser Küsserei steif, was für ihn beglückend war, aber ohne Erlösung Schmerzen auslöste. So kann es nicht weitergehen, dachte Heinz. Ich muss Olga mal merken lassen, dass ich noch mehr habe als nur den Mund zum Küssen. So blieb Heinz beim Spazierengehen mit Olga öfter mal stehen und zog das Mädchen an seinen Körper heran, umarmte und küsste sie und drückte seinen Unterleib an ihren Bauch. Tiefer ging es nicht, da Heinz 15 Zentimeter größer war als Olga.

«Nanu», sagte Olga, «hast du ein Taschenmesser in deiner Hosentasche, da drückt doch etwas Hartes an meinen Bauch.»

«Aber Olga», meinte Heinz, «das ist kein Taschenmesser, führe einmal deine Hand in meine Hosentasche und prüfe, was es ist.» «Aber Heinz», sagte Olga, «ich habe noch bei keinen Jungen oder Mann meine Hand in seine Tasche geschoben, das wäre mir sehr peinlich.» Heinz entgegnete: «Einmal kannst du es doch tun, um zu wissen, was ein Mann sonst noch in der Hose hat.»

«Na gut», sagte Olga, «nicht hier auf dem Weg, wir gehen hinter die Hecke, auf diese Weise kann uns keiner zugucken.»

Heinz führte seine Olga hinter die Hecke und sie steckte ihre Hand in seine Hosentasche.

Nanu, die Tasche ist ja leer. Heinz murmelte: «Beweg deine Hand hin und her und du wirst schon etwas finden.» «Ja», begann sie, stöhnte, «jetzt spüre ich etwas, ich fühle eine runde Stange die irgendwie angebunden ist.»

«Du Dummchen», sagte Heinz, «das ist keine runde Stange, das ist mein Dingsda, der sich erregt hat.»

«Was», fragte Olga, «das soll dein Schwanz sein?»

«Die Pullers, die ich in der Schule in der Pissbude der Jungen durch eine Bretterritze erspähen konnte, waren kleine Würmer, noch nicht einmal so groß wie mein kleiner Finger.»

Heinz fragte: «Willst du meinen Luller mal anschauen und anfassen?»

«Nein», sagte Olga, «heute nicht, ich bin über dein steifes Ding richtig erschrocken, ich bin nicht vorbereitet, aber vielleicht morgen, warte noch ein bisschen.»

Der Abend endete mit einem schönen Zungenkuss und Heinz streichelte noch ihre kleinen, prallen Brüste.

Olga wusste, dass nun scharf geschossen werden und sie ihr Jungferhäutchen verlieren und sie schöne Gefühle erleben wird, wenn Heinz seinen Degen in ihre Muschi steckt.

In Vorbereitung des kommenden Ereignisses zog Olga am nächsten Abend ihre Kleidung, auch das Höschen aus, seifte sich ein und vergaß das Abspülen mit klarem Wasser nicht. Dann spritzte sie noch ein paar Tropfen Kölnisch Wasser 4711 auf das untere Dreieck ihrer Scham. Sie hatte eine Bluse und einen weiten Rock angezogen.

Darüber trug sie einen warmen Mantel. Einen Schlüpfer hatte sie aber nicht angezogen. Sie wollte unten freie Bahn haben, wenn es soweit war zum Geschlechtsverkehr.

Das Treffen am Abend näherte sich und die ersten Küsse erregten sogleich heiße sexuelle Gefühle.

Heinz hatte schon Umschau gehalten, in welchem geschützten Raum sie ungestört ihr Liebeswerk vollbringen konnten. Erst saßen sie auf einer Matratze, die mit einem Laken belegt war. Dann legten sich beide hin, Olga legte sich auf den Rücken, Heinz rechts neben sie.

Nach einer scharfen Küsserei, bei der sich Heinz über Olga gebeugt hatte, legte sich Heinz neben Olga hin. Und da er keine Anstalten machte, das Liebesspiel zu beginnen, nahm Olga die rechte Hand von Heinz und legte sie auf ihren Oberschenkel.

Nun mach doch schon, dachte Olga. Heinz war aber heute wirklich zu schüchtern, sodass er untätig blieb.

Nun leitete Olga die Attacke ein, spreizte ihre Oberschenkel und führte seine Hand an ihren Venushügel und etwas weiter nach unten.

Heinz verstand, das Fehlen des Höschens ermunterte ihn und er dachte, seine Olga ist soweit, dass sie sein Ding in sich aufnehmen wollte. Er zog seine Hose und Unterhose schnell aus, den Uniformrock hatte er schon bei Beginn abgelegt. Heinz dachte, nun muss ich Olga besteigen und machte hierzu erste Anstalten. «Nein», hauchte Olga, «ich bin noch nicht soweit, du musst mich erst scharf, richtig geil machen. Wenn ich unten nicht feucht bin, läuft bei mir gar nichts. Und dann solltest du wissen, ich bin noch Jungfrau, hatte also noch keinen Verkehr mit Jungen, du musst mich heute entjungfern.»

Oh Gott, grübelte Heinz, von einer Entjungferung, habe ich noch nie etwas gehört. «Wie soll ich es machen,» fragte Heinz seine Olga. «Mach dir nicht soviel Gedanken, mein Schatz. Zuerst musst du mir deinen Penis zeigen und ihn in meine Hand legen, auf diese Weise erfahre ich wie groß und kräftig er ist. Übrigens, möchte ich gerne wissen, wie sich ein steifer Schwanz anfühlt. Es kann doch sein, das deiner krumm, zu kurz oder zu dünn ist und es mit dir nichts wird, mein lieber Soldat.» Heinz kniet sich neben Olga und streckt ihr seinen Degen entgegen.

«Oh, oh», stöhnte Olga, «deiner scheint in Ordnung zu sein.» Sie umklammerte den Phallus, mit ihrer rechten Hand bewegte sie die Vorhaut hin und her. «Hör auf, hör auf», sagte Heinz, «sonst kommt es mir zu früh, ah, oh, oh.»

«Na gut», lispelte Olga, «mach mich mit deiner Hand scharf und streichele meine Muschi. Lass ein oder zwei Finger in meine Spalte gleiten und versuche, meinen Kitzler steif zu machen. Nachdem du die Klitoris erweckt hast, tue alles an und in meiner Vulva, sodass ich wollüstig anfange zu stöhnen und meine Schnecke nass wird.» Langsam kam Olga in Fahrt und hatte das Verlangen auf das Eindringen des Gliedes von Heinz in ihrem Körper. Olga zog ihre Oberschenkel nach oben und breitete sie weit auseinander. Olga flehte: «Komm, komm, bespring mich und bring deinen Penis an meine Vulva, ich helfe dir beim Eindringen in meinen Körper. Stoß kräftig zu und dann schiebe deine Stange hin und her. Ah, oh, ja, so ist es schön», stöhnte Olga.

«Stoß nur zu, du süßer junger Mann, und noch einmal, ja, oh, ah.» Heinz musste mit dem Liebesakt aufhören und sofort seinen Penis aus Olgas Muschi ziehen, weil sich der Erguss näherte. Olga guckte nicht hin, drehte ihre Augen nach oben und sagte: «Was, schon alles vorbei?» Sie hatte einen Orgasmus erwartet.

Mit der Blutung bei der Zerreißung des Jungfernhäutchens war es nicht so schlimm gewesen. An Heinz' Glied war nur wenig Blut, sodass er es mit dem Taschentuch abwischen konnte.

Nun hatten die jungen Menschen ihre ersten geschlechtlichen Erfahrungen hinter sich und Olga war keine Jungfrau mehr und Heinz kein Jüngling, er war jetzt ein richtiger Mann, der seine Manneskraft gezeigt hat.

Einige Wochen gingen ins Land, Olga und Heinz haben richtige Liebe ausüben erlernt. Bei Olga waren die zweiten und dritten Male noch nicht so, wie sie es sich vorgestellt hatte. Aber nun war alles, wie es sein musste, und sie sehnte jeden Beischlaf herbei.

Dann kam ein Paukenschlag. Heinz und seine Kompanie hatten einen Marschbefehl erhalten. Es hieß, den Tornister packen und die Utensilien zusammen suchen sowie zu verstauen. Am nächsten Tag sollten Heinz und seine Kameraden zu einem unbekannten Ziel, zu neuen Kämpfen und Siegen abreisen. Das war der letzte Abend für Olga und Heinz, der letzte Abend seiner Kameraden mit den Freundinnen. Große Trauer wegen der Trennung kam bei unseren Helden auf, damit hatte niemand gerechnet. Krieg ist Krieg und alles erfolgt auf höchsten Befehl. Da gibt es als Soldat kein Privatleben. Kämpfen, Siegen und Sterben für das Vaterland war die Parole.

Aber noch war man hier, man hatte noch einen gemeinsamen Abend vor sich und konnte und musste Abschied nehmen. Lebewohl von den gemeinsamen Stunden der Liebe. Abschied, vom schönen Beischlaf. Noch einmal gab es einen herrlichen Liebesakt mit allen Raffinessen. Heinz fand kein Ende mit seinem Gerammel, noch einmal und noch einmal wurde zugestoßen. «Könnte ja das letzte Mal gewesen sein!»

Und dann gab es einen Urknall. Kondome hat er nie genommen und in seiner Wollust hat er vergessen, sein Ding rechtzeitig aus der Scheide herauszuziehen. Natürlich ging der Samenerguss in Richtung Olgas Gebärmutter. Oh je, das Liebesspiel zwischen beiden war beendet und findet keine Wiederholung.

Heinz reiste am nächsten Morgen mit seinen Kameraden per Eisenbahn ab, das Ziel war unbekannt. Olga blieb allein zurück, mit der Angst, dass der goldene Schuss getroffen hat und sie ein Kind empfangen wird. Was dann? Noch musste abgewartet werden, ob es ein tauber Schuss war und sich alle Angst in nichts auflöst. Die Tage und Wochen darauf waren mit Spannung geladen und es erfolgte die Ernüchterung. Es gab keine blutigen Tage mehr, die Regel hatte ausgesetzt.

Na, dachte Olga, es kann ja seelisch etwas dazwischengekommen sein, die plötzliche Trennung oder etwas anderes. Abwarten, Tee trinken und auf ein Wunder hoffen. Alle Hoffnungen waren vergeblich. Auch nach vier Wochen kam keine Regel und die Gewissheit, im Bauch von Olga wächst ein Kind heran. Heinz, der Erzeuger war in weiter, weiter Ferne. Was sollte sich zutragen?

Olga vertraute sich ihrer Oma an und diese sagte: «Mach nur keinen Unsinn, spiel nicht mit deiner Gesundheit und deinem Leben. Mach um Gottes Willen keine Abtreibung, das kann dein Lebensende sein. Oder aber, dein Kind wird geistig geschädigt und du bringst ein Kind mit einem Dachschaden zur Welt. Folge meinen Rat und gebäre das Kind. Ich helfe dir, wenn es da ist.» Neun Monate nach der Empfängnis gebar Olga im Alter von 18 Jahren einen gesunden Sohn, an dem alles an richtiger Stelle war, auch der Pullermann war gut geformt. Als Olga aus den Wochen war, bekam sie Arbeit bei einer Dienststelle der deutschen Wehrmacht und ihre Großmama pflegte am Tag den Enkelsohn, dem Olga den Vornamen seines Vaters, Heinz, im Gedenken gegeben hat. Der Vater und Erzeuger Heinz hatte wohl nach seiner Abreise des Öfteren einen Feldpostbrief an Olga geschrieben und diese hat geantwortet. Seine Briefe blieben aus und Olga konnte ihm nicht schreiben, dass er sich aus seiner Verantwortung Olga gegenüber stehlen will oder war er schon tot, irgendwo gefallen und hat den Heldentod erlitten? Die Adresse seiner Eltern hatte er seiner Olga nicht gegeben, sodass es so war, als wäre Heinz niemals auf der Welt gewesen.

Die Jahre gingen ins Land. Für die Deutschen gab es kein siegreiches Kämpfen und Erobern mehr, sondern nur einen so genannten Rückzug, um zu retten, was nicht mehr zu retten war. In den Wehrmachtberichten hieß es immer, die deutschen Truppen gingen in Auffangstellung. Aus dem Westen kamen die Amerikaner, Engländer, Franzosen und andere Freiwillige und rollten die Fronten auf und drangen immer weiter in Deutschland ein. Am Himmel kamen die Bomber und warfen mit ihren Bomben die Städte in Schutt und Asche. Aus dem Süden über Italien kamen auch die Amis mit ihren Verbündeten und es war vorbei mit dem Lied «Wenn bei Capri de rote Sonne im Meer versinkt». Und aus dem Osten, der Sowjetunion raste eine Todeswelle mit ihren Stalinorgeln heran, die jeden Wiederstand zerbrach und den Untergang Deutschlands anzeigte. Das Feuer, das die Deutschen in vielen Ländern entzündet hatten, kehrte zurück in das großdeutsche Reich. Mordanschläge auf Hitler gelangen nicht und Göbbels läutete den totalen Krieg ein. Der fette Göring löste sein Versprechen, sich auf den Namen «Meier» umtaufen zu lassen, nicht ein. Göring hatte Anfang des Krieges posaunt, dass er nicht mehr «Göring» heißen will, wenn je ein feindliches Flugzeug in Deutschland einfliegen sollte. Das waren alles Lügner und Verbrecher wie viele Nationalsozialisten, Generäle, Admirale als auch Konzernbosse.

Olgas Großmutter erkrankte zu Ende des Krieges an einer schweren Lungenentzündung. Hilfe im Krankenhaus verbesserte den Gesundheitszustand nicht, man muss sagen, Hilfe war nicht mehr möglich und die Oma verstarb und wurde in ihrer Heimat begraben.

Olga verlor ihren Arbeitsplatz, weil die Russen immer weiter vorrückten und die Deutschen nach Deutschland flohen. Die Polen verwalteten ihr Land nun wieder selber, die deutsche Verwaltung war in alle Winde zerstreut. Die zurückgebliebenen Deutschen, die schon vor 1939 in Polen wohnhaft gewesen waren, hatten nun unter der polnischen Verwaltung nichts zu lachen. Konnte man was anderes erwarten? Im Mai 1945 ging der 2. Weltkrieg an der Elbe, Raum Magdeburg, Tangermünde, Havelberg zu Ende und das Land der Deutschen und Polen war schon in Jalta, in der Krimkonferenz, neu aufgeteilt worden.

Im Osten Polens und dem ehemaligern deutschen Ostpreußen, hauptsächlich im Norden mit der Stadt Königsberg, erhielten die Sowjets Ländereien und die Westgrenze Polens wurde an die Oder-Neiße verlegt. Deutschland verlor Niederschlesien bis kurz vor Görlitz, Ostpreußen und Hinterpommern. Von der Insel Usedom wurde Polen das Gebiet der Insel Wollin bis Swinemünde zugesprochen. Ahlbeck in Deutschland auf der Insel Usedom wurde nun Grenzort nach Polen. Das war eine harte Strafe für Deutschland. Nein, nicht für Deutschland, sondern für die Deutschen die in den ehemaligen deutschen Gebieten lebten. Diese Entscheidung der Großmächte in Jalta war das Schlimmste, was zu erwarten war. Alle deutschen Staatsbürger, die in diesen abgetrennten Landesgebieten ihrer Heimat wohnten, mussten dieses Land mit wenigen Habseligkeiten zu Fuß oder mit der Eisenbahn in Richtung Ost- und Westdeutschland verlassen. Die Ausweisung galt auch für die Nachkommen der Deutschen, die schon seit Jahrhunderten eingewandert waren. Zu diesen Menschen, die ihre Heimat verlassen mussten, gehörte auch Olga. Über die Wegnahme der Ländereien und Ausweisung der Menschen sollte nicht über Recht und Gesetzlichkeit gestritten werden. Deutschland hat den Krieg begonnen, viele Menschen sind unschuldig getötet und sehr viele Sachwerte zerstört worden. Nicht das erste Mal war Deutschland Kriegsanstifter und das sollte nun endgültig unterbunden werden.

Es soll nicht über die Beschwerlichkeiten und die Not der ausgewiesenen Menschen berichtet werden, denn das kann nur jemand ermessen, der ausgewiesen war und in Ostdeutschland als Heimkehrer in Westdeutschland als Flüchtling bezeichnet wurde.

Name hin und Name her. Es war eine tiefe Demütigung dieser Menschen, dass sie ihre Heimat verlassen mussten. Viele Menschen überwanden das Vertreiben aus der Heimat nicht und starben auf der Flucht oder in ihrem Exil, wenn man es so nennen will.

Es stand und steht immer die Frage im Raum, warum wurden unschuldige Menschen bestraft für das, was Nationalisten, was die Nazis und das Militär verschuldet haben. Lassen wir diese Frage offen, sie kann nicht beantwortet werden.

Kommen wir zum Schicksal des Mädchens Olga zurück. Auch sie musste mit ihrem Sohn die Heimat verlassen und fand zwischen dem Brandenburger Heidesand und der fruchtbaren Magdeburger Börde, genau genommen im Jerichower Land, eine neue Heimat.

Olga bekam mit ihrem Kind bei einer Bauernfamilie Unterkunft und einen Arbeitsplatz in der Landwirtschaft, also eine zweite Heimat. Ihr Zimmer war vom Bauern mit alten Möbeln, die von seinen Großeltern gestammt haben und nicht als Brennholz verwertet waren, möbliert worden. Darunter ein Anderthalbschläferbett, die es früher so gab, worin der Ehemann allein schlief und wenn er Lust hatte, mit seiner Ehefrau eine gemeinsame Liebesnacht erleben konnte. Sonst hatte die Frau ihr Einzelbett.

Ob solche Schlaf- und Liebesbetten einen Vorteil hatten, kann man heute nicht einschätzen. In jetziger Zeit steht das sogenannte französische Ehebett, also ein Doppelbett, im Schlafzimmer. Da muss die Frau, wenn ihr Mann Liebe machen will, nicht extra herangebeten werden. Er kriecht dann einfach unter ihre Bettdecke und schon geht es los.

Für Olga war dieses Anderthalbschläferbett vorteilhaft, denn sie brauchte für ihren Sohn kein zweites Bett, denn er schlief bei ihr im Bett und sie hatte mehr Platz in ihrem Zimmer.

Olga ist inzwischen 24 Jahre alt geworden und eine junge, leistungsfähige Arbeitskraft für die Bauernfamilie. War sie auf dem Acker oder der Wiese auf Arbeit, betreute die Mutter des Bauern das Kind von Olga. An und für sich hatte Olga es auf dem Bauernhof gut angetroffen. Sie hatte eine Wohnung mit Möbeln, eine Arbeit, Nahrung für sich und den Sohn und eine Betreuung für Heinz. Was wollte sie mehr. Nach Männern hatte Olga kein Verlangen. Ihre erste Liebesgeschichte in ihrer Jugend hatte ihr den Sohn beschert. Wenn sie dennoch ab und zu Lust nach ein bisschen Liebesgefühlen hatte, machte sie es sich selbst. Sie wusste ja, welche Liebesorgane zu liebkosen waren, um ein kleines Glück zu finden.

Ein, zwei Jahre ging alles gut. Dann warf der Bauer ein Auge auf Olga. Jung, schön und knusprig anzusehen, das wäre für einen fast fünfzigjährigen Mann eine Lust, dieses Mädchen im Bett zu haben und zu vögeln. Wenn seine fünfundvierzigjährige Frau ihm auf sein Verlangen die Beine öffnete und sich ihm hingab, so war das nicht so reizvoll, als wenn man junges Blut mit strammen Brüsten unter sich liegen hat. Oder die Frau sitzt in Reiterstellung auf ihm und befriedigt ihn und sich.

Aber ...Gedanken sind Rauch. Nicht mit Olga. Dafür mit dem Bauern ein Verhältnis anzufangen, war sie sich zu schade. Sie merkte schon, was er wollte. Seine Andeutungen und Handbewegungen waren eindeutig genug. Einmal ein Liebeserlebnis und als Geschenk ein Kind, waren ihr genug. Nein, sagte sie sich, kein zweites Mal. Es war ja schön damals und manchmal flattern die Schmetterlinge in ihrem Bauch. Und wenn ich nachgebe und mich ihn hingebe und er macht mir ein Kind? Dann sind meine Tage hier gezählt. Dann fliege ich raus. Nein und nochmals nein! Sie suchte sich in der nächsten Stadt eine Arbeit und hatte Glück unterzukommen. Auch mit einer kleinen Zweizimmerwohnung mit Küche und Bad klappte es, sodass nichts im Wege stand. Doch etwas fehlte ihr. Möbel für die Wohnung! Das Geld für neues Mobiliar hatte sie nicht. Olga vertraute sich der Ehefrau des Bauern an und gestand ihr, dass der Bauer hinter ihr her sei und eine Liebelei anbändeln will. Sie beichtete der Bäuerin, dass sie das nicht machen will und sich schon Arbeit gesucht und eine Wohnung in der Stadt gefunden habe. Olga sagte der Bäuerin auch, sie möchte sie nicht hintergehen und sie möge das verstehen, dass sie fort will. Aber eine Sorge habe Olga, hat sie der Bäuerin gesagt, die neue Wohnung habe keine Möbel. Ob sie die alten Möbel aus ihrer jetzigen Wohnung nicht mitnehmen könne beim Umzug. Diese Möbel nimmt doch niemand mehr und würden nur noch als Brennholz Verwendung finden. Die Bäuerin war glücklich über das Geständnis der Olga und war erstaunt, das ihr Alter auf Freiersfüßen gehen will. Er konnte sowieso nicht mehr so ficken wie in früheren Jahren und die Bäuerin hatte öfter Verlangen nach seinem Glied und dass er sie bumsen sollte.

Wenn der Bauer Olga als Gespielin eroberte, stand sie, die Bäuerin, total trocken und er würde seine Frau nicht mehr vögeln.

Die Bäuerin sagte Olga Dank für das Geständnis, die Absichten ihres Mannes, des gewollten Fremdgehens und sagte zu, das Mitnehmen der Möbel mit ihrem Mann zu regeln. Wie und mit welchen Mitteln die Bäuerin das erreichte, blieb ein Geheimnis. Als die Zeit des Umzugs heran gekommen war, brachte der Bauer die alten Möbel auf einem Pferdewagen in die neue Wohnung in der Stadt. Der Bauer redete nichts, aber Olga sagte: «Bauer, habe vielen Dank für die Möbel und Deine Hilfe.» «Schon gut», antwortete er, «ich habe es gern getan.» Wer soll ihm das glauben? Ihm ist doch ein schöner Traum geplatzt.

Olga hat sich in der Stadt eingelebt und nach und nach die Wohnungseinrichtung vervollständigt. Nach einem Mann hat sie nicht ausgeschaut, sie hatte immer noch die Nase voll von ihrem damaligen Heinz. Ein neuer Mann würde schöne Liebesschwüre machen, mit Olga kräftig bumsen und dann auf Nimmerwiedersehen verschwinden und sie wäre mit dem zweiten Kind allein. Nein, solche Sachen konnte nicht nur Heinz machen. Es gibt mehr von solchen Schlawinern. Sie war inzwischen 28 Jahre alt und noch Frau in voller Blüte. Ein bisschen Zärtlichkeit an ihrer Muschi konnte sie sich selbst machen. Das eigene Onanieren war nicht so schön, als wenn ein Mann sein Glied in die Scheide einbrachte und bewegte. Was sollte es aber. Die Selbstbefriedigung war eine kleine Erfüllung der Erregung sexueller Lüste.

Olga hatte sich dem Sport zugewandt. Nicht Matratzensport oder Handball spielen, auch kein Sprinten in Feld und Flur. Nein, sie machte ihren Sport in der eigenen Wohnung.

Sie war auf FKK-Freikörperkultur gekommen und setzte ihren Körper der unmittelbaren Luftberührung aus, härtete sich ab, um sich vor einer Erkältung zu schützen. Sie dachte an ihre Oma, die ohne Abhärtung krank wurde und sterben musste. Die Art ihrer Abhärtung war, dass sie morgens und abends, wenn sie in ihrer Wohnung war, sich ihrer Kleidung entledigte und splitternackt wie einst Eva im Paradies herumlief. Und der Sohn Heinz mit seinen 10 Jahren musste ihr es nachtun und ebenfalls nackt herumlaufen.

War es Olga peinlich, wenn sie vor ihrem Jungen nackt herumlief? Sie hatte ein paar straffe Brüste, die noch nicht ausgeleiert waren und sie konnte wenn sie wollte, ohne BH herumlaufen. Schön anzusehen. Unten am Bauch, dem sogenannten Dreieck, kräuselten sich blonde, gelockte Schamaare.

Das war kein schlechter Anblick für Heinz, bei ihm war noch alles blank ohne Haarwuchs. Heinz kannte seine Mammi schon von klein an als nackte Frau und machte sich darüber keine Gedanken. Und an seine eigene Nacktheit dachte er nicht, soweit er zurückdenken konnte. Jeden Tag hat ihn seine Mammi morgens und abends von oben bis unten gewaschen. Dass bei ihn ein kleiner Luller herabhing und bei Mama nichts zu sehen war, machte ihm keine Sorgen. Vielleicht hatte Mama einen kleinen Schniepel zwischen ihren Beinen versteckt, denn pinkeln tat seine Mama auch, wenn sie in der Toilette war. Olga hatte aber nicht bedacht, dass ihr kleiner Heinz älter und damit neugierig werden würde. Er war nun 12 Jahre alt geworden und eines Abends fragte er seine Mutter: «Mama, warum hast du da oben an deiner Brust, da, wo ich ein paar Pickel habe, solche runden Kugeln zu sitzen? Haben alle Frauen und Mädchen solche runden Kugeln?» «Das ist doch ganz einfach, mein Kind», antwortete Olga. «Wenn eine Frau ein Baby bekommt und das Kind Hunger hat, wird das Kind an diese Kugeln, man sagt Brüste, angelegt und gesäugt. Das Baby trinkt also Milch an der Mutterbrust. Babys können doch noch keine Kartoffeln essen.» Heinz fragt: «Habe ich auch an deiner Milchflasche an der Brust genuckelt.» «Klar», sagte Olga und sie rief Heinz zu sich, «komm doch mal her, ich zeige dir, wie du es, als du noch ein Säugling warst, gemacht hast.» Heinz ging zu seiner Mama und hielt den Mund an die Warze seiner Mutter. «Nun mach die Warze mit deiner Zunge nass, sonst tut es mir weh.» Heinz befolgte die Anweisung seiner Mutter und versuchte zu saugen. «Ja», sagte Olga, «so hast du es gemacht, als du klein warst. Du bist mit meiner Milch groß geworden.» «Aber Mama», sagte Heinz, «es kommt ja keine Milch heraus.» «Du Dummer», sagte Olga. «Milch fliest nur, wenn eine Frau ein Baby hat.» Olgas Körper wurde beim Belecken der Warze und dem leichten Saugen richtig warm, ein wonniger Schauer durchrieselte ihren Körper. Was ist das, fragte sie sich. Kommen die Schmetterlinge zu meinem Bauch geflogen? «Nun mach aber Schluss», sagte Olga zu Heinz. «Nun weißt du, wozu eine Frau zwei Brüste hat.» Olga dachte: Haben die Brustwarzen neben dem Stillen eine zweite Aufgabe beim Liebe machen? Heinz senior hat ja nie an meinen Warzen geleckt. Hätte ich doch ihm bloß meine Titten hingehalten, dann wäre ich früher darauf gekommen, wie schön es da ist, geleckt zu werden. War es ein Fehler in der Liebeskunst?

Blieb bei diesem Vorgang der Übung, wie ein Baby Milch bei der Mutter säugt, bei Heinz alles ohne Wirkung? Nein, Heinz bekam einen richtigen Schreck beim Säugen und Lecken der Warze seiner Mama. Was ist mit meinem Pimmel da unten los, waren Heinz seine Gedanken. Das juckt ja und er wird größer und härter. Oh Gott, wenn Mama das nur nicht sieht, und er drehte sich so um, dass Mama nichts merkte. Nach dem Schlusswort der Mutter, ging Heinz sofort aufs Klo und hielt den Pimmel unter den Strahl kalten Wassers, sodass er gleich kleiner wurde. Die Tage schlichen dahin. Wochen später schlug Olga morgens die Bettdecke zurück um aufzustehen. Sohnemann schlief noch fest und lag nackt auf dem Rücken. Olga guckte zu seinem Körper und bekam einen Schreck. Was ist denn da passiert, waren ihre Gedanken. Sie konnte ihren Blick nicht abwenden und sah, wie der Schwanz von Heinz steif war. Junior hatte einen Wassersteifen. Olga hat seit 13 Jahren keinen steifen Luller mehr gesehen. Wenn auch das, was sie sah, kein ausgewachsener Penis war, trotzdem erregte es sie unwiderstehlich. Olga konnte sich nicht satt sehen. Schließlich gab sie sich einen Ruck, deckte Heinz mit der Decke zu und ging ins Bad.

Die Tage flossen dahin. Heinz junior merkte, dass sein Pimmel immer öfter hart wurde. Seine Mama wollte er deswegen nicht fragen. An eine Krankheit dachte er nicht. Olga wurde immer früher munter und grübelte, ob ihr Sohn öfter eine Versteifung des Gliedes bekomme und wie wohl sich das kleine steife Ding anfasst.

Eines späten Abends, es war Mitternacht, wachte Olga auf und konnte nicht mehr einschlafen. Plötzlich sticht sie doch wirklich der Hafer und sie wurde auf einmal tierisch geil, sie schaute einfach unter die gemeinsame Bettdecke und beobachtete Sohnemanns Struller. Augenscheinlich, die Atemzüge waren ruhig, er schlief fest. Langsam tastete ihre Hand sich an seinen Bauch heran und sie legte die Hand auf seinen Bauch. Heinz bewegte sich nicht und schlief einen tiefen Schlaf. Olga ließ ihre Hand auf dem Bauch nach unten gleiten und spielte mit seinem Glied. Wie oft hatte sie seinen schlappen Schniepel beim Waschen in ihrer Hand gehabt. Immer blieb er ein kleiner Wurm und regte sich nie bei einer Berührung. Was erwartet sie heute? Sie findet den schlappen Piepmatz und ist enttäuscht, dass er nicht steht. Sie hatte doch sein Ding steif gesehen. Was nun, fragt sich Olga, ist er etwa kaputt oder krank? Nun, wo sie soweit ist, will sie auch nicht ablassen von ihrer Exkursion. Sie ist schon ziemlich geil, fängt an dass Schwänzelein zu streicheln und findet auch das darunter sitzende kleine Säckchen, das auch seine Streicheleinheiten erhält. Und plötzlich, Olga ist direkt erschrocken, ist das kleine Stehaufmännchen munter geworden, schwoll an, wurde dick und strebte in die Höhe. Schnell nimmt sie ihre Hand zurück, stöhnte. Heinz schnarchte und war im Tiefschlaf, zeigte keine Aufregung. Aber

Olgas Neugier und Wollust ist stärker als ihre Angst von Heinz entdeckt zu werden. Gleich probiert sie es aufs Neue und greift wieder mir ihrer Hand hinüber. Ach, denkt Olga, er ist immer noch steif und ich möchte wieder einmal einen Schwanz in der Hand haben und wissen, was ich für ein Gefühl habe. Bin ich nun eine Frau, die noch bumsen kann oder bin ich etwa schon in den Wechseljahren?

Olga fühlte Sohnemanns Glied an und merkt, dass er noch etwas klein ist oder ist meine Hand möglicherweise zu groß, dachte sie sich so. Aber der Schnuller wuchs, wurde größer und härter, durch die Berührung von Olgas Hand. Auf einmal fühlte sie wie ihre Muschi feucht wurde und sie nur noch an das eine dachte: «Ficken, oh, ah, ja.» Schnell zieht sie ihre Hand weg und denkt, nein, das kann ich doch nicht machen, Heinz seinen Sohn zu verführen. Olga konnte nicht schlafen und ihre Gedanken stoppen. Sie denkt: Soll ich mir einen Mann suchen, der mich richtig nimmt und durchvögelt, ich werde doch noch geil und die Wollust ist nicht zu bremsen?

Zwölf Jahre lang habe ich schon eine Begattung versäumt. Soll mein Leben so enden? Aber wer nimmt schon eine Frau mit einem zwölfjährigen Sohn? Und was sagt Heinz zu einem fremden Mann in unserem Bett. Nach vielem Sinnieren noch anderer Gedanken, wieder einmal einen steifen Penis in der Hand gehabt zu haben, überkommt Olga der Schlaf.

In den nächsten Wochen und Monaten vermeidet es Olga, dass schlappe Geschlechtsteil ihres Sohnes anzufassen. Sie hatte auch Angst, dass sein Schniepel beim Waschen steif wird. Sie sagte deshalb zu Heinz: «Du bist jetzt groß genug, dass du dich selber waschen kannst, du weist ja, was alles am Körper gewaschen werden muss.» Deine Haare auf dem Kopf und den Rücken werde ich dir noch waschen.» «Ist gut, Mama», sagte Heinz und wusch sich ab sofort selbst. Etwas peinlich war es ihm schon, wenn seine Mutter seinen kleinen Mann da unten wusch. Er hatte über seinen Pimmel die Gewalt verloren und immer wieder Angst, dass er steif wird, wenn Mama diesen mit ihrer Hand anfasst.

Das nun unten über seinem Puller Haare wuchsen, machte ihm keine Sorgen. Mama hatte ja da unten auch schöne Locken. Das muss wohl so sein, dass auch bei mir da unten Haare wachsen. Inzwischen war Heinz Junior 14 Jahre alt geworden. Zu dieser Zeit standen die gleichaltrigen Mädchen und Jungen auf dem Schulhof in losen Gruppen zusammen. Das Gespräch ging natürlich andauernd um das Thema Nummer Eins, die Liebe, und was dazugehört. Die Mädchen waren in dieser Sache, wie auch immer, ein Stückchen weiter wie die Jungen. Bei den meisten Mädchen war schon mit 13 die Regel eingetroffen, bei einigen sogar schon mit 12 Jahren. Sie waren also schon geschlechtsreif. Brüste hatten sie schon allemal, die einen weniger, die anderen mehr. Die meisten von ihnen trugen schon einen Büstenhalter, was völlig unnötig war, denn ihre Milchdrüsen waren noch fest und standen etwas nach oben. Aber es war Mode, weshalb die jungen Dinger einen BH trugen. Einige Mädchen bumsten bereits, andere noch nicht. Man wusste nichts Genaues, da die Fräulein nicht alles ausplauderten. Heinz und seine Kumpels wussten noch nicht viel über Weiberkram usw. Die gleichaltrigen Mitschülerinnen hielten sich ebenfalls zurück gegenüber ihren Jünglingen. Die Bubis waren den Mädchen zu jung und unerfahren. Wenn sie etwas mit einem jungen oder älteren Mann hatten, dann war er erfahren und in der Liebe bewandert. Bei den Jungens war Heinz beliebt. Er weiß von seiner Mutter, wie eine nackte Frau aussieht. Aber wie es zwischen den Oberschenkeln einer Frau aussieht, wissen weder Heinz noch die anderen Jungen. Heinz hat bei seiner Mutter noch keinen Puller oder desgleichen gesehen, wo hat sie ihn nur versteckt? Nun macht er zu Hause Spannemann bei seiner Mama, konnte jedoch bis jetzt nichts entdecken.

Eines Abends kam es Heinz in den Sinn, wo er dachte: Wenn ich nicht zwischen Mamas Schenkel sehen kann, so muss ich es fühlen. Seine Mama war an diesem Tage abgespannt von der Arbeit nach Hause gekommen. Nach dem Abendessen gönnte sie sich zwei Gläschen Rotwein und goss sie in tiefen Zügen herunter. Es war nicht ihre Art, Alkohol zu trinken, aber heute war es eine Ausnahme. Alsbald zeigte der Alkohol seine Wirkung, Olga wurde müde und sagte zu Heinz: «Komm, wir legen uns hin zum Schlafen» und sie legten sich ins Bett. Heinz schlief rechts und seine Mutter links. Sie sagten sich gute Nacht und Olga war bald in tiefen Schlaf gefallen.

Die Zeit für Heinz war gekommen. Er dachte: Heute könnte es klappen, dass ich mehr über die Frauen erfahre als die anderen Jungen es wissen. Er horchte auf das Atmen seiner Mama und sagte sich: Jetzt hat der Wein ihren Geist benebelt und sie schläft tief und fest, jetzt kommt die Untersuchung des Frauenleibes. Olga lag auf dem Rücken und hatte einen tiefen, ruhigen Schlaf. Heinz legte sich auf die linke Seite und konnte nun mit seiner rechten Hand den Bauch seiner Mutter berühren. Heinz dachte nicht an seine Mutter sondern nur an eine x-beliebige Frau. Seine Hand glitt hinunter zu ihrem Dreieck, wo sich die Schamhaare befinden. Das kannte er ja schon vom Sehen. Langsam gleiten seine Hände zum Ende des Schoßes. Ihre Oberschenkel sind fest geschlossen und er kam nicht weiter voran. Was sollte Heinz tun? Als Liebhaber hatte er noch keine Erfahrung. Nun begann er die Innenseiten der Oberschenkel zu streicheln. Mama bewegte sich. Oh Gott, dachte er, sie hat etwas gemerkt, und zog seine Hand schnell zurück. Seine Mama blieb still und atmete tief durch. Heinz schickte seine Hand wieder zum Angriff auf die Oberschenkel und stellte überraschend fest, ihre Oberschenkel waren gespreizt und seine Hand konnte in ihren Schoß vordringen. Er fühlte etwas Behaartes und Weiches in seiner Hand. Er streifte mit seinem Zeigefinger über das Ertastete und plötzlich öffneten sich die Lippen, er fühlte etwas Feuchtes, Glitschiges. Heinz dachte, hoffentlich wird Mama nicht wach, aber sie schlief fest weiter. Aber nun, bei der Fingerbewegung fing Olga an, leicht zu stöhnen und zu wimmern, mit «ah, oh, oh» als ob die Berührung schön wäre. Heinz ahnte nicht, dass er ein Vorspiel machte. Aber nun rührte sich sein eigener Schwanz da unten. Der war steif geworden und es kribbelte und juckte in seinem Ding. Heinz wusste nicht, wie es um sein Ding geschah. Er musste bei Mama seine Untersuchungen fortsetzen. Heute war es günstig. Seine Finger im Schoß der Mama bewegten sich hin und her und schon öffnete sich unter seinem Zeigefinger ein zweites Lippenpaar, es waren die kleinen Venuslippen. Auch hier war es glitschig und der Zeigefinger glitt nach oben an das Ende der Lippen. Nanu, dachte Heinz, hier hat Mama eine kleine Erbse versteckt. Sein Finger streichelte diesen Pickel zärtlich hoch und runter. Das ist aber was, dachte Heinz, das Ding ist ja steif geworden und hat sich aufgerichtet. Aber was ist das für ein kleiner Pimmel, der Mama gewachsen ist? Was die Frauen alles versteckt haben, was man nicht sehen kann, dachte Heinz. Olgas Stöhnen wurde immer heftiger und Heinz hörte aus ihrem Mund «Ah, ah, ah».

Plötzlich spürte Heinz eine Flüssigkeit, dass ein schleimiges Sekret aus ihrer Spalte herausgeflossen kam und der Schoß nass war. Schnell zog er seine Hand von ihrer Muschi zurück. Er wusste nicht, dass er seine Mama mit der Hand befriedigte. Sein eigener Penis war straff und gespannt und es tat beinahe weh. Seine Hoden waren angeschwollen, überreizt und schmerzten. In der Spitze seines Pimmels kribbelte es. Nun aber schnell auf die Toilette und pinkeln, aber es kam kein Urin. Sein Lustdolch wurde aber nicht schlapp und blieb hart. Er dachte noch: Ist dass die Strafe für das, was ich mit meiner Mama gemacht habe? Nun umfasste Heinz seinen lieben Schwanz und onanierte, was er schon öfter getan hat und endlich kam die Erleichterung und ein dünner Saft kam heraus. Sein Puller fiel zusammen und wurde ganz klein. Endlich konnte er wieder pinkeln, Gott sei Dank, dachte Heinz. Seine Eier schmerzten aber noch ein paar Stunden.

Heinz kehrte zurück ins Bett und dachte: So ist es also, wenn ein Mann eine Frau liebt, sie wird an ihrer Muschi gestreichelt bis sie kommt und der Mann muss es mit seinem Pimmel selber machen. So schlief er zufrieden ein und träumte unentwegt von Mamas Dreieck.

Inzwischen war Olga aufgewacht, denn der Wein hatte seine Wirkung, sie musste erst einmal pinkeln gehen. Auf der Toilette fiel ihr der Traum wieder ein und sie dachte: Wer hat mich bloß so schön ge-fickt, wie schade, ich kann mich nicht erinnern. Sie fasste sich an ihre Genitalien und bemerkte, dass es da verdammt feucht und nass ist. Es war genauso wie vor 15 Jahren, als mein damaliger Soldatenfreund und Kindermacher Heinz mich penetriert hat.

Als Olga von der Toilette zurückkam und die Bettdecke aufdeckte, sah sie Heinz auf dem Rücken liegen und sein Schwänzelein war so klein wie immer. Wie sollte es anders sein nach so einem Erguss. Olga hatte keinen Verdacht, dass ihr Sohn der Übeltäter ihres Orgasmus' war. Sie setzte ihren Schlaf fort.

Die Gespräche in der Schule über Liebe und «Kinder machen» gingen weiter. Die Mädchen hätten den Jungs ihre Schnecken zeigen können und die Jungs den Mädchen ihre Schwänze. Das stand alles nicht zur Debatte. Das große Geheimnis blieb offen. Heinz hielt die Erkundun-gen bei seiner Mama geheim. Er wusste Bescheid über die Frauen und kein anderer brauchte es zu erfahren.

Die Monate vergingen, Olga wie auch Heinz hielten sich in ihren Forschungen des anderen Geschlechts zurück. Aber in derselben Zeit wie Heinz größer wurde, wuchs auch sein Piephahn stattlich heran. In Ruhestellung merkte man es kaum, auch die Mama nicht, weil sie nicht so genau hinsah. Aber bei der Erektion des Gliedes sah es anders als vor zwei Jahren aus. Die Mama und der Heinz schliefen immer noch gemeinsam in einem Bett. Es wollte Olga nicht in den Kopf kommen, dass ein großer Junge ein eigenes Bett haben muss. Auch die Nacktheit war nicht angebracht. Die Gedanken von Olga waren in dieser Hinsicht harmlos, es war doch ihr Sohn und er konnte es doch nicht wagen, der Mutter sexuell nahe zu kommen. Heinz wurde ständig durch die Mädchen in der Schule geil gemacht und er sinnierte, ob eine Selbst-befriedigung des Mannes das Ende der Fahnenstange ist.

Mama hatte Geburtstag und es wurde etwas über den Durst getrun-ken, aber Heinz durfte keinen Alkohol trinken. Nach ein paar Gläsern besten Weines sagte Olga: «Ich bin müde, Heinz, komm, wir legen uns ins Bett und schlafen.» Wie immer lag Olga auf der linken Seite und Sohnemann auf der rechten Seite im Bett. Das linke Bein hatte Olga lang ausgestreckt und das rechte Bein darüber angewinkelt, sodass vorne alles verschlossen war. Olga schlief bald den Schlaf der Gerechten, der Wein hatte dazu beigetragen. Nun hatte Heinz endlich wieder eine Übungsstunde zur Erkundung der Venus. Wie beim erstenmal wollte Heinz in Mamas Dose herumwühlen und die runde Erbse finden, die sich wie ein kleiner Puller anfühlte. Da Olga dieses Mal seitlich auf ihrem Körper lag, kam er nicht an ihre Muschi heran. Was nun?, fragte er sich, und aus Verlegenheit streichelte er ihren Po, fand weiter unten zwischen den leicht geöffneten Beinen eine Art von kleinen Säckchen, so wie es ein zehnjähriger Knabe hat. Einen Puller fand er nicht. Heinz dachte immer, der Puller einer Frau muss sich zwischen ihren Beinen befinden. Heinz tastete mit seinen Fingern an diesem kleinen Säckchen herum und plötzlich öffnete sich dieses Säckchen. Nein, das war kein Sack sondern das Ding war wie eine große Eierpflaume, die geplatzt ist und sich geöffnet hat. Nun fühlte sein Finger die Feuchtigkeit im Innern der Pflaume. Heinz dachte: Wenn mein Finger da reinpasst, wird auch mein steifer Lustmolch darin Platz finden. Der Herr Sohn drehte sich vorsichtig an die Hinterbacken seiner Mutter und brachte seinen Speer in Stellung und berührte ganz zärtlich die Pflaume. Ein glitschiger Saft sickerte aus ihrer Spalte und mit einem Mal war der Penis ungehindert in die Lustgrotte eingedrungen. Der Hintern von Olga zuckte, drückte immer wieder sich nach hinten und verschluckte seinen Lümmel total.

Heinz fühlte den Schließmuskel der Vagina, mit jedem Stich, den er Olga gab. Die Seitenlage seiner Mama bescherte Heinz einen wunderbaren Fick. Wie gerne hätte er seine Mama von oben her gevögelt, aber Olga machte da nicht mit und hätte es sicherlich auch nicht zugelassen. Heinz bewegte seinen Penis hin und her, Mama stöhnte genussvoll und Heinz dachte, es muss ihr doch gefallen, was ich so mit ihr mache. Die reinste Liebeslust ist über Mama gekommen, konnte aber nicht darüber nachdenken, denn seine Eichel begann zu jucken und das bedeutete, dass er gleich einen Samenerguss bekommt. Er kannte dieses schöne Gefühl vom Masturbieren her. So schön auch das Bumsen mit seiner Mama war, in letzter Sekunde zog er seinen Dolch heraus, stürzte zur Toilette und spritzte ins Klo. Anschließend wusch er sich gründlich mit Seife und sein Schniepel wurde wieder zu einem Ringelwurm.

Nun wusste Heinz, wie es um eine Frau besteht, und seine liebe Mama hat ihn viel gelehrt. Wenn es Mama nicht gefallen hätte, hätte sie sicher nicht ihn gewähren lassen. Und ihr Stöhnen und Jammern, ihre lustvollen Seufzer sagen wohl doch alles.

Warum sucht sich meine Mutter keinen Mann, der sie sexuell befriedigen kann. Eine Frau braucht doch den Geschlechtsverkehr genauso wie ein gesunder Mann.

Und sonst, dachte Heinz, ist doch nichts passiert, das eine Mal, wo ich sie gefickt habe, ist doch so gut wie gar nichts. Ich habe sie doch nicht geschwängert. Mutter hat immer alles für mich getan, warum sollte ich nicht einmal meine Mama lieben? Sie weiß es doch nicht, dass ich sie von hinten gebumst habe? Heinz irrte sich, wenn Olga auch beschwipst war, war es nicht so, dass sie volltrunken war und nichts merkte. Im Gegenteil, Olga hatte wohl gemerkt, das ihre Muschi von hinten Besuch bekommen hatte. Es war so schön, dass erste Mal von hinten genommen zu werden und das wollte sie nun wirklich genießen. Aber sie wollte natürlich nicht wissen, wer es bei ihr von hinten machte und räumte alle Bedenken aus. Die Wollust war über Olga gekommen, sie dachte nur: Bleib drinnen mit deinem Schwanz, es ist so wunderbar, und machte sich nicht bemerkbar um dieses Begatten voll zu genießen. Sie wusste, dass es Heinz ist, wer sonst sollte es sein. Nicht einmal sein eigener Vater hat so herrlich gefickt, sodass Olga Hören und Sehen verging.

Die Wochen schlichen dahin und jeder, Olga wie auch Heinz, dachte immer wieder an das Liebesgeschehen zurück. Ausnahmslos dachte jeder an eine Wiederholung. Aber weil Olga keinen Wein trank und Heinz ohne Schwips seiner Mama keine Traute hatte. Eines Nachts drückte das Wasser auf Olgas Blase und sie musste zur Entleerung auf den Abort. Als sie zurückkam, lag Heinz unbedeckt und nackt auf dem Rücken im Bett. Er hatte einen tiefen und festen Schlaf, der Atem ging ruhig. Olga sah den steifen Lümmel, der sie gleichzeitig beglückte, sie geil machte und erregte, so war er dick und rund, ganz und gar nicht so wie er noch vor vier Jahren war. Den erigierten Penis jetzt so zu sehen, war für Olga zuviel des Guten. Die Schmetterlinge fingen an, in ihrem Bauch zu flattern. Sie faste sich an ihrer Scheide und fing an zu masturbieren. Sie wusste ja, wie sie sich geil machen konnte. Ihre Muschi wurde feucht und nass. Der Zustand von Olga war, als wäre sie betrunken, nein trunken vor Wollust. Olga kniete nieder berührte mit ihrem Mund den Schaft des Gliedes, ihre Zunge leckte zärtlich an der Eichel. Olga spürte wie sich das Glied von Heinz noch mehr erregte, härter und größer wurde. Sie konnte ihre Lust nicht mehr zähmen und sagte sich: Ich wage es! Ich mache, wozu ich große Lust verspüre, was ich in meinem Leben noch nie getan habe, ich ficke einen Mann. Olga setzte sich auf den Unterleib von Heinz und wippte auf und nieder, spreizte ihre Beine soweit sie nur konnte und führte sein Glied bei sich ein. So etwas Schönes hat Olga noch nicht erlebt. Das Reiten bereitete Olga viel Freude und ihr Rauf und Nieder wurde immer heftiger. Olga kam in Ekstase und ihre Reitbewegungen wurden immer schneller. Dann bekam sie einen Orgasmus, den sie ausleben wollte. Ihre Vagina wurde soweit, dass sie den Penis überhaupt nicht mehr in ihrer Scheide verspürte. Es war vorbei mit dem Ficken, Heinz erschrak und sagte: «Mama, was hast du auf mir gemacht, willst du meinen Schwanz kaputt machen?» «Sei nicht so scheinheilig! Ich mache nur das Gleiche, was du bei mir neulich von hinten gemacht hast. Und heute habe ich es mit dir gemacht als wäre ich ein Mann und du eine Frau. War es nicht schön, wie ich es mit dir gemacht habe? Ich habe mich schön befriedigt in dieser Reitstellung.» «Ja, ja, Mama, es war schön, wie du es mit mir gemacht hast. Nun springe schnell ab, Mama, ich glaube ich komme und ich möchte nicht in deine Muschi spritzen.» Olga sprang ab und

Heinz konnte den Samen noch rechtzeitig auf seinen Bauch spritzen. Nun lagen beide fix und fertig nebeneinander und versicherten sich, dass diese Fickerei wunderbar war. «Ja», sagte Olga, «wenn der Beischlaf mit mir schön ist, braucht der eine oder andere von uns es nicht heimlich tun, wenn einer schläft, sondern wir machen es, wenn wir Lust dazu haben. Heinz, wenn du einverstanden damit bist, dann sage ja.» «Ja, Mama, aber wenn wir sicher gehen wollen, kein Kind zu machen, dann lass uns es besser mit Kondomen tun.»

So trieben es nun die beiden in den nächsten Wochen und Monaten ohne Scham miteinander. Sie waren ein Herz und eine Seele. Olga war richtig süchtig auf Sex, sie wollte nachholen, was nachzuholen war, denn sechzehn Jahre genügten ihr ohne Beischlaf. Beide schworen sich Stillschweigen über ihr Tun. Sollte doch einmal etwas herauskommen von ihrem Treiben, dann wollte Heinz alle Schuld auf sich nehmen. Er wollte aber nur zugeben, dass er seine Mama heimlich im Schlaf beglückte. Diese Lüge war glaubhaft genug, da diese beiden, seit der Kindheit von Heinz, immer in einem Bett geschlafen haben.

Nach einem halben Jahr Inzest, war es Heinz zur Pflichtübung geworden. Er kannte die Begattung seiner Frau Mama von hinten und vorne. Mamas Muschi hatte sich schon ein wenig geweitet oder kam es Heinz nur so vor.

Eines Tages reiften bei Heinz die Gedanken, sich ein Mädchen zu suchen und auszuprobieren, wie bei diesem der Beischlaf ist. Bald hatte Heinz ein williges Mädchen gefunden, entjungfert war sie schon, alsbald begann die geile Vögelei. Natürlich war das Mädchen unten noch ganz eng gebaut und Heinz' nun dicker gewordenes Glied fand in dieser Muschi genügend Wiederstand und neue Lustgefühle. Nun musste Heinz zwei Frauen abwechselnd bedienen.

Durch blöde Redereien von Heinz über Frauen und die Welt mit seinen Kameraden, stand eines Tages jemand von der Sitte und vom Jugendamt vor der Tür. Es wurden Fragen gestellt. Heinz gab einige sexuelle Berührungen an seiner Mutter zu. Stellte aber klar, nur an seiner schlafenden Mutter, wenn sie getrunken hatte, sie zu streicheln. Olga sagte zu den Schnüfflern, von einer Berührung nichts gemerkt zu haben, sie muss durch den Alkohol praktisch bewusstlos gewesen sein. Eine Gerichtsverhandlung gab es nicht. Heinz war noch keine 18 und rangierte unter «Kinder und Jugendliche». So wurden ihm zwei Jahre Jugendwerkhof aufgebrummt. Den Schulabschluss konnte er im Werkhof machen. Olga kam mit einem blauen Auge davon. Sie erhielt nur eine Rüge, dass sie Nacktkultur betrieben und mit einem Jungen im Bett geschlafen hat. Für Heinz war der Jugendwerkhof nicht mit angenehm verbunden und er war froh, dass er nicht in den Knast musste. Ansonsten war Heinz ein starker Trieb verblieben, den er im Werkhof von einem Fräulein zum anderen Fräulein austoben konnte.

Die Mädchen waren sehr freimütig und sparten nicht an Hingabe. Da es oft an Liegefläche fehlte, musste das Vergnügen im Stehen oder von hinten gemacht werden. Aber junge Mädchen und Jungens kriegen das schon hin, wenn sie Lust zum Vögeln haben. Und diese Lust war oft vorhanden.

Olga hatte Lust am Beischlaf gefunden und fühlte sich mit ihren 34 Jahren noch jung und leistungsfähig, um einen Mann beim Geschlechtstrieb zu befriedigen. Erfahrung hatte sie ja genug mit ihrem Heinz gewonnen. Ihre Gestalt war jugendlich geblieben und ihre Brüste waren noch straff. Nach einigem Suchen fand sie endlich den richtigen Mann und beide, nachdem sie Liebe machen ausprobiert hatten und es gemeinsam klappte und sie ihre Lust dabei ausleben konnten, heirateten. Der Mann war auch erst 34 Jahre alt und im Geschlechtsverkehr agil und leistungsfähig. Der neue Haudegen hatte einen kräftigen, großen Penis, der Olga befriedigte und ihr große Lust beim Vögeln bereitete. Durch die grazile, mädchenhafte Gestalt Olgas hatte dieser Mann immer neue Lust ihr beizuwohnen. Für Olga hatte das Schicksal noch alles zum Guten gewendet, obwohl sie sich von einer gewissen Schuld nicht freisprechen konnte, einem Inzest mit dem Sohn verfallen zu sein. Sie dankte Gott und der Welt, dass ihr Sohn ihr kein Kind gezeugt hat.

Immer wieder grübelte sie nachts im Bett darüber, wie es zu solchen Handlungen kommen konnte? Warum, fragte sie sich immer wieder.

Diese üble Zeit ihres Lebens lag hinter ihr und Olga lebte mit Ihrem Mann in Liebe und Zufriedenheit dahin und wenn sie nicht gestorben ist, ist sie jetzt Rentnerin.

Ihr Sohn verließ die Mutter und das Land Sachsen/Anhalt und zog in die weite Welt, wo er sein Leben verbringt und abwechselnd Mädchen und Frauen liebt. Jeder nach seiner Fasson. Quo Vadis, Domino.

Ende

Tändelei

Die Begebenheit dieser Erzählung hat ihren Ursprung am Ende des 2. Weltkriegs, in der Zeit, wo Deutschland in zwei Hälften geteilt wurde, und unsere Erzählung beginnt im Jahr 1953. Eine der damaligen Hauptpersonen mit dem Vornamen Gerald hat die vergangenen 50 Jahre überlebt und ist seit einigen Jahren Witwer und lebt allein in seiner Wohnung. Er ist einsam, wenn er abends in seinem Sessel sitzt. Fernsehen schaltet er selten ein, dann gehen seine Gedanken oftmals an früher, an seine Jugendzeit und die ersten Männerjahre zurück und die Erinnerungen überwältigen ihn. Er ist von Geburt Ostdeutscher, sein Vater stammte aus Schlesien, war aber 1939 schon verstorben. Die Angehörigen seines Vaters, die Eltern, Geralds Großeltern, die Schwester des Vaters, Geralds Tante Maria und die Cousine von Gerald waren 1946 aus Schlesien vertrieben worden, weil Schlesien polnisch geworden ist und alle vier hatten in Niedersachsen eine neue Heimat gefunden.

So nach und nach hatten sich im Osten und im Westen Deutschlands die Verwandten brieflich wieder gefunden. Gerald hatte seine Lora geheiratet und so entstand auf beiden Seiten Deutschlands der Wunsch, dass sich Gerald und Lora besuchsweise zum Wohnsitz der Verwandten in Westdeutschland begeben sollen. Wilhelmine, die Großmutter, war inzwischen verstorben, sie hatte wohl den Verlust ihrer Heimat nicht verkraftet. Die Teilung Deutschlands hatte ihre Tücken im Reiseverkehr vom Osten in den Westen. Die Machthaber im Osten wollten keinen Reiseverkehr. Nach dem Volksaufstand am 17. Juni 1953 in der DDR kam ein wenig Schwung in die Reisemöglichkeiten und endlich hatten Gerald und Lora ihre Reisedokumente erhalten und sie durften besuchsweise in den Westen reisen.

Wie man sich denken kann, gab es bei der Ankunft ein großes Hallo beim Wiedersehen, auch Freudentränen sind geflossen.

Unsere beiden Reisenden aus dem Osten lernten nun auch den Lebenskameraden von der Tante Maria, Hans, dessen Sohn Heino und seine Tochter Ilka kennen. Hans, der Großvater Wilhelm wie auch die Tante Maria hatten sich im Vorjahr ein kleines Einfamilienhaus erbaut, meistens in Eigenleistung, und sie waren stolz auf das Haus und auch etwas zufrieden in der neuen Heimat. Die ersten Tage wurden Lora wie auch Gerald im Dorf bei Bekannten herumgereicht und es gab Geschenke an die Hungerleider aus dem Osten. Bohnenkaffee gab es, Kakao, Schokolade und ich weiß nicht, was alles zusammenkam. Nachdem die Reisenden aus dem Osten beim Fleischer Guten Tag gesagt und ein paar Worte geredet hatten, hieß es gleich: Ihr seid ja Berliner. Ganz stimmte es nicht, denn Berlin war von ihrem Heimatort 90 Kilometer entfernt, aber einen gewissen Einfluss hatte die Berliner Sprache auf den Dialekt der Ostler. Jetzt erinnert sich Gerald an den ersten Abend bei seinen Verwandten. Sie saßen alle in der Großküche und das Palavern fand kein Ende. Die vierzehnjährige Tochter von Heinz, Ilka mit Vornamen, musste nach strenger Sitte um 20 Uhr ins Bett. Gerald war zu dieser Zeit auf der Toilette im Keller. Bei der Rückkehr war er erstaunt, dass Ilka schon im Bett lag. Er sagte, ich muss doch der Ilka Gute Nacht sagen und die anderen sagten: «Mach das!» Ilka lag ausgestreckt im Bett und er tastete mit seiner Hand unter die Bettdecke, anstandshalber legte er seine Hand nur auf den Bauch von Ilka und streichelte denselben. Wohlgesagt, Gerald wusste später nicht, warum er das getan hat, aber Ilka stieß damals nicht die fremde Hand von ihrem Bauch herunter, sondern ließ sich mit Wonne streicheln. Nicht lange, die Hand kam aus der Decke hervor. Gerald sagte: «Gute Nacht, Ilka», und sie sagte auch «Gute Nacht». Gerald ging aus dem Zimmer.

Wenn Gerald nun nach 50 Jahren zurückdenkt an die Ilka, so weiß er immer noch, Ilka hat ihn geliebt. Sie kam zweimal zu Besuch zu Lora und Gerald und ließ sich jedes Mal von Gerald streicheln. Sie wusste, es war ihre Liebe ohne Hoffnung, denn Gerald war ja verheiratet. Ilka heiratete ein paar Jahre später und seit 1968 hatte sie mit Gerald keinen Kontakt mehr.

Wenn ich aber noch erzählen darf. Im Jahr 2003 und im Jahr 2004 fuhr Gerald zur Ilka und ihrem Mann. Ilka war inzwischen 63 Jahre alt, aber ihre Augen leuchteten bei jedem Besuch hell auf.

Es gab auch ein Gespräch mit Ilkas Mann und da brach es aus Gerald heraus: «Gib nur nicht so an auf deine Werbung bei Ilka, denke nicht, du bist der Größte! Wenn ich nicht verheiratet gewesen wäre, hätte ich vor dir die Ilka geheiratet.» «Pah!», sagte der zu Gerald, «du gibst nur an.» «Ja», sagte Ilka, «ich hätte Gerald sofort geheiratet, wenn es möglich gewesen wäre. Aber leider war er schon verheiratet. Da ist nun nach beinah fünfzig Jahren die Wahrheit aus Ilkas Mund ausgesprochen worden, wie es damals um beide bestellt gewesen ist. Nun will ich das Geschehen aus damaliger Zeit beim ersten Westbesuch fortsetzen und erzählen, was sonst noch geschah. Nach ein paar Tagen ihres Aufenthalts sagte Hans, Lora und Gerald: «ja, Onkel Hans?» Nebenbei gesagt, ein nobler Onkel in spe. «Heute Abend führe ich unsere Besucher und dich, Maria, den Großvater und die Tochter der Tante Maria, Lisa, einmal aus. Wir gehen ins Gasthaus und der Wirt in der Gaststube hat einen großen Fernseher aufgestellt und wir gucken Fernsehen. Das ist doch für unsere Besucher ein großes Erlebnis, denn im Osten haben erst wenige Leute so einen Kasten. Da werdet ihr staunen», meinte er noch. Er sagte noch: «Weil wir uns das Haus gebaut haben, sind wir knapp bei Kasse und können uns selbst noch kein Gerät kaufen.» Heinz sagte noch: «Ich habe beim Wirt sechs Plätze reservieren lassen, es ist abends Hochbetrieb in der Kneipe. So ein Fernseher, lockt Leute herbei und diese bringen Geld in die Kasse, denn beim Gucken werden manch ein Bier, Schnaps oder eine Cola getrunken und manch einer verzehrt auch noch eine Bockwurst.» Die Zeiten waren damals so. Der Abend war gekommen und die Mannschaft marschierte los und nahm auf den reservierten Plätzen Platz.

Gerald erinnert sich, die Fenster waren wegen Lichteinwirkung von außen abgedunkelt, die Lampen wurden in der Gaststube ausgeschaltet, es war dunkel wie im Kino, nur der Bildschirm strahlte Helligkeit aus. Auf den Tischen hingen die Decken weit herunter, sodass der Schoß der dort Sitzenden verhüllt war. Gerald dachte noch, im Dunkeln ist gut munkeln. Weshalb ihm dieses eingefallen ist, konnte er nicht sagen. Aber bald wurde sein Spruch Wahrheit.

Die Cousine Lisa saß neben Gerald. Es war ein spannender Film im Fernseher und alle stierten hin und sperrten Mund und Nase auf, um alles mitzukriegen. Gerald erinnert sich, dass plötzlich eine Hand an seinem Hosenstall herumfingerte und die Knöpfe aus den Knopflöchern herauspulte. Er ist erschreckt. Wer wagt sich, in der Öffentlichkeit, in einer Gaststätte, den Eingriff zu öffnen. Da Lisa neben ihm sitzt, kann sie es nur sein. Er wagte sich nicht, etwas zu Lisa zu sagen, damit die anderen nichts mitkriegen und nichts merken. Gerald dachte noch, was hat das Mädchen vor, will sie mein Ding aus der Hose rausholen? Mit einmal ist ihre Hand in der Hose und durch den Schlitz der Unterhose hindurchgeschlüpft und kommt an seinen Pimmel und streichelt ihn. Verdammt, denkt der Siebenundzwanzigjährige, sie manipuliert meinen Pimmel, sie bringt ihn zur Erektion, er wird ganz hart und steif und dann, Gerald kann gar nicht weiter denken, zieht sie die Vorhaut des Gliedes vor und zurück. Als Mann würde man sage, sie wichst ihm einen ab. Zum Äußersten, zum Abspritzen ließ sie es aber nicht kommen, sie zog ihre Hand aus der Hose heraus. Er dachte, Gott sei Dank hat der Spuk ein Ende. Seine Gedanken waren, ob der Fünfzehnjährigen geile Gedanken gekommen sind. Der Film, der gezeigt wurde, ist doch jugendfrei. Er dachte noch, hat sich die Lisa an meinen Stängel befriedigt und in ihrer Vagina einen Orgasmus bekommen. An ihren Schlüpfer konnte er nicht hinfassen, ob er nass geworden ist? Wollte sie an meinem Glied das Maß der Größe nehmen und ihn mit den Schwänzen der Jungen vergleichen, von denen sie sich schon hat vögeln lassen. Er dachte immerzu, ich weiß es nicht. Selbst seine Frau Lora hat sich nicht einmal getraut, in der Öffentlichkeit in seine Hose hineinzufassen. Als der Film und die Tagesschau um 22 Uhr zu Ende waren, geht der Trupp nach Hause. Die Gäste reden und ereifern sich über das Gesehene im Fernsehen und meinten, so ein Kasten hat auch seine guten Eigenschaften. Da werden dann eine Menge Männer zu Hause bleiben und in der Kneipe nicht ihr Geld versaufen.

Gerald weiß noch, dass er seiner Frau sagte, geht schon, ich gehe hinter die Hecke und mich drückt durch das Biertrinken meine Blase und ich muss mal pinkeln. «Ist gut», sagte Lora und er ging hinter die Hecke und holte seinen Luller aus der Hose heraus und wollte nun abspritzen. Da sagte hinter ihm eine Stimme, es war Lisa, warte mal, ich will deinen Schwanz anfassen, halten und dann kannst du pissen. Sie sagte: «Ich habe ja nur eine Spalte und weiß nicht, was das für ein Gefühl beim Mann ist, was man spürt, wenn das getrunkene Bier nun als Wasser durch deinen Rüssel rieselt und ob man das merkt.» Das ging alles so schnell, als sie das aus sich herausprudelte. Nun hatte sie seinen Pimmel mit zwei Fingern im Griff und sie hielt ihn nach oben und sagte: «Nun kannst du pissen.» In hohem Bogen kam nun der Urin heraus und versickerte im Sand. Als nichts mehr kam, fragte sie: «Muss ich deinen Stängel noch melken, dass er leer wird?» «Um Gottes willen,» sagte Gerald, «nicht melken, nur ausschütteln.» Er hat es gesagt und sie hat es getan und er verstaute nun sein teuerstes Ding in seiner Hose. Er sagte noch: «Bist du verrückt geworden, was du heute an meinem Penis getrieben hast. Mein Ding ist doch kein Spielzeug für geile, kleine Mädchen. Ich muss damit noch meine Frau befriedigen und ihr Kinder machen. Nun aber Schluss damit und ab nach Hause.» Sie antwortete nicht und beide gingen schnell, um die anderen einzuholen. Es war spät geworden und dann lagen alle in ihren Betten. Gerald grübelte über Lisa, wieso so ein junges Mädchen schon so geil war und sich bei einem Mann aufreizte und sich befriedigte. Lass gut sein, dachte er, ich habe sie nicht angefasst und man kann mir keine Vorwürfe machen. Seine Frau Lora lag neben ihn und atmete tief durch. Sie träumte vom Film im Fernsehen. Gerald hatte noch beim Fernsehen gedacht, heute abend möchte ich Lora einmal richtig durchficken. Er hatte an die Erzählung seines Großvaters gedacht und an die neuen Sitten, die sich eingebürgert hatten. Gerald hat es kaum glauben wollen, aber warum soll sein Großvater Lügen und Märchen erzählen. So war überall im Umland bekannt geworden, dass sich in der nächstgelegenen Stadt ein Klub gebildet hat, dem Frauen, ja auch Mädchen und Männer angehörten und diese Sexspiele betrieben. Die Männer mussten sich nackt ausziehen und in einem Saal sich auf eine Matratze legen und ihren Penis durch Selbstbefriedigung zum Stehen bringen. Die Frauen und Mädchen hatten aufgepumpte Gummiringe im Durchmesser von 15 Zentimetern und diesen Ring warfen sie auf ein erigiertes Glied und wenn sie ein Glied getroffen haben, nein, wenn der Penis vom Gummiring umklammert war, hatten sie einen Mann zum Penetrieren gekapert und er musste dann sein Ding bei ihr reinstecken. Es gab auch Nieten, ich will sagen, beim Ringe werfen wurde nicht der erwünschte Lümmel getroffen. Das spielte keine Rolle, die Frau musste den gefangenen Mann nehmen und sich von ihm ficken lassen. Gerald dachte noch, Gott sei Dank, bei uns im Osten gibt es so eine Sauerei nicht, und schlief dann ein.

Am nächsten Freitagvormittag hatte Gerald Ruhe von seiner Cousine, sie war auf ihrer Arbeitsstelle. Abends nach dem Abendessen zog sie los und ging zu ihrem Freund. Bestimmt ließ sie sich bumsen. Hauptsache, sie hat einen Orgasmus, dachte Gerald, dann habe ich von Lisa nichts zu befürchten.

Am Sonnabendnachmittag waren Geralds Frau und seine Tante Maria im Garten hinter dem Haus und sie säuberten das Gemüsefeld und hackten die Erde locker. Gerald hatte sich in einem Nebenzimmer des Wohnhauses auf eine Couch gelegt und döste ein wenig, ein Mittagsschlaf wollte nicht kommen. Aber jemand kam auf leisen Sohlen geschlichen. Seine Cousine öffnete leise die Zimmertür und trat in das Zimmer. Sie nahm sich einen Stuhl und stellte ihn seitlich neben der Couch und setzte sich. Es war Sommer und Strümpfe hatte Lisa nicht angezogen.

Gerald fragte Lisa: «Na du, was gibt es Neues?» Sie antwortet: «Es gibt nichts Neues, ich wollte nur mal sehen, wie es dir geht. » Er sagte: «Ich bin noch matt von deiner Attacke auf mich vom Donnerstagabend.» «Ach was», sagte sie, «ein Mann kann so was ab. Wenn er will, kann er am Abend zweimal einer Frau beischlafen.» «Reize mich nicht auf», sagte Gerald, du bist zu jung für mich.» Lisa blieb ruhig und schloss ihre Augen, als wollte sie ihr Inneres betrachten.

Geralds Blick schweifte von ihren geschlossenen Augen zur Brust, über den Bauch und zu ihren Oberschenkeln. Der Rock, den sie trug, war hochgerutscht von ihren Knien und ihre Oberschenkel waren fünfzehn Zentimeter freigelegt. Reizend und verführerisch waren ihre Schenkel anzusehen und wie Gerald glaubte, war eine leichte Behaarung an den Beinen zu erkennen. Gerald konnte nicht anders und streckte seine Hand aus und berührte ihr linkes Knie. Lisa blieb ungerührt still sitzen. Die Hand ging wie allein vom Knie auf ihren Schenkel und kroch an der Innenseite Zentimeter um Zentimeter nach oben. Waren die Schenkel zuerst zusammen gedrückt, so öffneten sich diese, dass seine Hand weiter nach oben wandern konnte. Lisa rutschte auf ihrem Stuhl mit ihrem Po nach vorn auf die Stuhlkante, beugte sich zurück und öffnete ihre Oberschenkel wie eine Schere. Der Rock war bei dieser Berührung weiter nach oben gerutscht und es war für Gerald ein schöner Anblick. Unseren Gerald ritt der Teufel. Erst anderthalb Jahre verheiratet, seine Frau war jung und schön, er hatte bei ihr alles, was er für seinen Phallus brauchte, und nun war er im Begriff, bei seiner fünfzehnjährigen Cousine Petting zu machen. Oder wurde er durch seine Cousine dazu verleitet? Sie war ein geiles Luder. Seine Hand schob sich immer weiter nach oben zwischen ihre gespreizten Schenkeln und je höher seine Hand streichelte, um so mehr spreizte sie ihre Oberschenkel. Seine Gedanken waren, bald wird meine Hand ihr Höschen erreicht haben und was dann? Er dachte: So lange Lisa sitzt, kann ich den Schlüpfer nicht herunterziehen. Ob sie ihn selbst auszieht, dachte er? Oder kann ich in einen Beinling ihrer Hose meine Hand hindurch an ihre Dose bringen. Seine quälenden Gedanken für diesen Angriff waren unnötig. Seine Hand macht einen Vorstoß und Gerald dachte So oder so wird es gelingen. Nein, es kostete ihn keine Taktik. Seine Hand war ans Ende ihrer Oberschenkel gekommen und er fühlte etwas Weiches, er fühlte ihre nasse Scheide und war in ihren großen Schamlippen angekommen. Lisa hatte gar kein Höschen angezogen, sie hatte sich vorher schon vorbereitet und war unten splitternackt gekommen.

Was für ein Biest, dachte Gerald. Er kannte das Fötzlein von seiner Frau und wusste, wie er seine Cousine da unten bearbeiten, nein, befriedigen musste. Sein Ding bei ihr reinstecken wollte er nicht. Er wollte sein Glied nicht beflecken und er wollte seine Frau behalten, denn er wusste, wenn er fremdgehen sollte, würde seine Frau ihm fortlaufen. Aber jetzt, in diesem Augenblick hatte ihn die Gier überrannt, es war wie eine Sucht, dem weiblichen Organ einen Orgasmus zu bereiten. Er dachte nicht an seine Cousine, ihn überkam eine Lust, die Klitoris zu suchen und zu streicheln.

Er berührte die leichte Behaarung ihrer äußeren großen Schamlippen, bewegte dort seinen Finger und das erste Hindernis öffnete sich wie eine Blüte. Der Finger war hindurch und kam an die kleinen Schamlippen, die sich auch öffneten. Alles war nass, glitschig. Gerald wusste, wo der Kitzler sich an einer Frau befindet, und führte seinen Finger und suchte ihre kleine Erbse, um sie zu streicheln, sie zu erektieren. Lisa stöhnte vor Wollust. Aber nein, Gerald ließ das Mädchen warten auf seinen Finger an ihrem Kitzler. Jetzt merkte er, dass sein Penis aufgeweckt war und sich reckte und streckte. Nein, der hatte hier nichts zu lachen. Gerald musste sich erst seine Geilheit an ihren Schamlippen ausleben. Nein, was hatte das Mädchen für pralle, angeschwollene Lippen. Er kannte solche ja von seiner Frau, aber gegenüber Lisa waren ihre Lippen zart und nicht so fleischig. War Lisa so erregt, das sich das Blut so aufgestaut hat, oder waren sie natürlich so gewachsen? Gerald dachte noch, es muss ein schönes Ficken sein, wenn sich diese Lippen wie eine Manschette um das Glied eines Mannes klammerte.

Seine Finger verließen nun die Schamlippen und suchten oben darin den Sitz ihrer Klitoris. Er dachte noch: Die kleine Erbse werde ich ihr noch erregen und dann wird das Mädchen fertig sein. Die Arbeit an ihrem Kitzler konnte er sich ersparen. Es war dort keine kleine Liebesperle, sondern ein richtiger kleiner Penis, der schon stand und durch die Schamlippen hervorlugte. Oh Gott, dachte Gerald, solch einen kräftigen Kitzler hatte ich noch nicht in meinen Finger gehabt. Er dachte an früher zurück, vor der Zeit seiner Heirat, an die Zeit, wo er ein Techtelmechtel mit einem Mädchen und auch an deren Klitoris gespielt hatte. Im Ruhestand war die ihre auch nur erbsengroß. Aber das hier, was er vorfand, war in der Erregung dreimal so groß wie die Dinger bei anderen Frauen. Sollte das Mädchen im Mutterleib sich als Junge entwickeln und dann haben die Chromosomen es sich anders überlegt und machten ein Mädchen aus dem Embryo? Oder sollte sogar ein Zwitter entstehen? Unserem Gerald machte es Freude, dieses Ding, den Kitzler, zu streicheln und zu massieren, er machte es wie bei einem Mann und sie stöhnte und jammerte vor Wollust und drückte ihren Unterleib nach vorn gegen seinen Finger und seine Hand. Und in Geralds Glied begann es in der Eichel zu jucken und er dachte, gleich muss ich ejakulieren. Schnell zog er seine Hand zurück und unterdrückte seinen Geschlechtstrieb.

Er kam beim Rückzug an ihre Schamhaare und war überrascht, dass sich die Haare wie Männerhaare anfassen, richtig borstig. Das Stöhnen von Lisa hörte nicht auf, denn sie hatte noch keine Befriedigung gefunden. Sie griff nach Geralds Hand und führte diese an ihre Scheide und drückt vier Finger von ihm in ihre geöffneten Schamlippen. In ihrer Unterwelt war es feucht und glitschig und die vier Finger glitten in die Grotte auf einer Länge von zehn Zentimetern hinein und er manipuliert mit seinen Fingern in ihrer Vagina. Lisa fängt an zu stöhnen, zu jammern und zuletzt schreit sie leise, sie bäumt ihren Unterleib nach oben, als sollte seine Hand noch weiter hinein in ihre Vagina und dann kommt es bei ihr. Sekret, Schleim stößt ihre Vagina ins Freie, es ist, als ob beim Mann Sperma abgespritzt wird. Sie ließ die Hand von Gerald noch in ihre Scheide und ließ ihren Orgasmus ausklingen.

Als sich Lisa etwas erholt hat von ihrer wollüstigen Erregung, zog sie seine Hand aus ihrer Scheide heraus, stand auf, und ohne ein Wort zu sagen, verließ sie das Zimmer. Und Gerald sprach zu sich selbst: «Gerald, du bist ein Schwein!» Jung verheiratet und eine treue dich liebende Frau und dann geilst du dich an einem Mädchen, deiner Cousine auf und bringst dieses Mädchen mit deiner Hand zum Orgasmus. Pfui Teufel, dachte er sich. Seine Gedanken gingen weiter, wollte sie es, dass ich sie vögele. Zum Vögeln hast du nicht angebissen. Oder hat sie am Geschlechtsverkehr gar keine Erfüllung und ist umgepolt, ist sie homosexuell oder eine Lesbe und es muss bei ihr mit der Hand gemacht werden. Ist sie auf der Suche, welches ihr Weg in die Zukunft ist. Er beruhigte sich und dachte, Ehebruch habe ich nicht begangen. Ich habe meinen Penis nicht in sie hineingesteckt, bei mir ist alles sauber geblieben, ich hatte nicht einmal einen Erguss. Na ja, dachte er, so ein bisschen wildern ist auch nicht schlecht, das regt die Sehnsucht bei der eigenen Frau an. Nun gut, dachte er, wir reisen in fünf Tagen ab und es gibt keine Verbindung mehr zur Cousine.

Seine Frau hat das Intermezzo nicht mitbekommen und Lisa war so anständig, mit keinem Menschen über ihr Tun zu sprechen. Er sagte zu sich, heute abend werde ich meine Frau mit allen Raffinessen lieben und befriedigen. In Abständen von einigen Jahren begegneten sich Lisa, Lora und Gerald. Es gab nie wieder ein Petting zwischen Lisa und Gerald. Noch nicht einmal haben sie sich geküsst. Lisa zog in den Siebzigerjahren weg von ihrem Heimatort und soll angeblich in Bayern in ein Kloster eingetreten sein. Ob als Nonne weiß keiner. Sie hat nie an Lora und Gerald eine Ansichtskarte geschickt. Auch Ilka, die Ziehschwester, hat nie Post bekommen.

Es ist anzunehmen, das Lisa gestorben ist, sowie der Großvater von Gerald als auch seine Tante Maria. Auch Hans lebt nicht mehr und Lora auch nicht. Ruhe sanft. Heino lebt noch, ist aber schwer krank. Übrig bleiben Ilka, sie ist jetzt 64 Jahre und Gerald 77 Jahre alt.

Alles auf dieser Welt ist vergänglich, die Jugend, die Liebe, das Alter und das Leben.

Ende

Verkehrt gepolt

Aus einem Wörterbuch zitiert:

«Das Gen (Bio) ist der Träger der Erbanlagen auf den Chromosomen eines Lebewesens, das spezifische Merkmalsausprägungen bestimmt.»

Störungen in den Erbanlagen der Chromosomen bringen Normal-Beziehungen im Geschlecht zwischen Mann und Frau durcheinander.

Man nennt dass Homosexualität, das ist die Sexualität, die auf das eigene Geschlecht gerichtet ist. Diese Personen werden beim männlichen Geschlecht als Homo, beim weiblichen Geschlecht als Lesbe bezeichnet.

In diesem Sinn gibt es aber auch Menschen beiderlei Geschlechts, die mit der Umkehr des Geschlechtstriebs zum gleichen oder anderem Geschlecht nicht fähig sind und sich einer Geschlechtsumwandlung zuwenden, sich einer operativen Umwandlung des eigenen Geschlechts zum gegensätzlichen Geschlecht unterziehen. Das bedeutet, ein Mann lässt sich zur Frau machen und eine Frau wird ein Mann.

Diese Definierung sei dieser Erzählung vorangestellt, um ein Verständnis für die Handlung zu erwecken.

Oberpfleger Martin beging heute seinen 30. Geburtstag. Auf seiner Arbeitsstelle in einer Klinik in München hatten ihm am Morgen zu Arbeitsbeginn seine Mitarbeiterinnen und Mitarbeiter, Schwestern, Pfleger und Ärzte zu seinem Geburtstag gratuliert und, wie üblich, einen Blumenstrauß überreicht. Zuviel Tamtam wurde zu den Geburtstagen nicht gemacht, denn fast jeden Tag hatte ein Mitarbeiter Geburtstag in der Klinik. Sein Arbeitstag verlief wie alle Tage, an einem Geburtstag gab es keine Ausnahme.

Nun, es war Feierabend und Martin saß in seiner Stube der Kleinwohnung und überdachte sein Leben. Er dachte, was ist in den 30

Lebensjahren aus mir geworden? Warum habe ich mir keine Frau gesucht, diese geheiratet, ein oder zwei Kinder gezeugt und eine Familie gegründet? Warum nicht? Nun sitzt du allein in deiner Wohnung.

Seine Gedanken schweiften 20 Jahre zurück in seine Schulzeit.

Er und seine Schulkameraden waren in dem Alter, wo sie neugierig, wissbegierig waren und alles ergründen, wissen wollten. In einer Pause, sie aßen ihre Stulle auf dem Schulhof und ein Häufchen aus seiner Klasse stand zusammen, kam ein zwölfjähriger Neunmalkluger und sagte zu den Knaben: «Ich weiß was, was ihr nicht wisst.» Die Antwort, na und? Nun sage deine Weisheit. Der Bengel sagte: «Die Mädchen haben keinen Puller, sie haben nur eine IH.»

In der nächsten Pause schlichen sich ein paar Schüler, auch Martin, an die Pissbude der Mädchen heran und riskierten einen Blick durch eine breite Bretterspalte und konnten sehen, wie sich die Mädchen ihren Schlüpfer herunterzogen und auf die Klobrille setzten und pullerten. Beim Gucken sahen die Bengels, dass die Mädchen keine Puller haben und unten glatt waren. Damit konnten sie nichts anfangen und vergaßen das Ganze.

Martin dachte, ja, wir wurden älter und selbständiger und gingen unsere Wege. Mit 13, 14 Jahren kam noch einmal Gemeinschaft zwischen den Jungen, im Sommer fuhren sie mit Ihren Fahrrädern zu einer abgelegenen Badestelle, einem ehemaligen Kiesloch und badeten dort. Für gewöhnlich badeten sie in einer Badehose. Eines Tages sagte ein Knabe, wir baden heute einmal nackt, dann ist es wie am FKK-Strand und außerdem bleibt die Badehose trocken. Es waren alle einverstanden, blieben Nackedeis, waren ausgelassen und machten vor dem Baden ein Bockspringenrennen. Ei, das war was. Beim Laufen und Springen sah man die Pimmel hoch und runter schwingen und ihre Beutelchen wippten mit. Martin erinnert sich, dass ihre Puller alle gleich groß waren und fand keinen Unterschied heraus.

Die Zeit lief weiter, die Schulzeit war vollbracht und nach der achten Klasse begann für alle Schüler die Lehrzeit. Manfred hatte sich zum

Beruf eines Krankenpflegers entschlossen, denn seines Wissens hatten Krankenpfleger immer Arbeit. Er wurde im heimatlichen Krankenhaus zur Ausbildung angenommen. Nach drei Jahren war die Lehre erfolgreich beendet und er wurde im Krankenhaus als Pfleger eingestellt. Nur vage erinnert er sich an seine Lehrjahre. Seine Ausbildung erfolgte nur auf der Männerstation.

Die Mädchen waren in der Frauenabteilung. Es gab wenig Beziehungen zwischen den männlichen und weiblichen Auszubildenden, und wie Martin so nachdenkt, war er nun Pfleger und musste ab und zu auch in der Frauenstation arbeiten. Aber die Arbeit war auch hier sachlich und Martin hatte keine Sehnsucht, einmal eine Frau nackt zu sehen. Er genierte sich schon, wenn eine Frau ohne Nachthemd im Bett aufsaß und ihre Brüste herunterhängen ließ.

Manchmal kam es vor, dass ein Mädchen im Alter von 18 Jahren oder junge Frauen unter 30 Jahren ihre prallen Brüste zur Schau stellten und ihn reizen, heiß machen wollten. Aber bei Martin blieb alles kalt und er tat so, als sehe er nichts.

In seiner Freizeit saß Martin über Lehrbüchern und studierte sie, bildete sich weiter, er wollte höher hinaus. In diesem ländlichen Krankenhaus gab es kaum eine Aufstiegsmöglichkeit, er blieb hier nur kleiner Pfleger mit geringem Verdienst. An Disko-Besuchen hatte er kein Interesse und so kam er auch nicht mit Mädchen zusammen.

Inzwischen war er 18 Jahre alt geworden, und das Militär erinnerte sich an Martin und rief ihn zur Ableistung seines Wehrdienstes, der damals noch 18 Monate dauerte.

Nun gut, Wehrdienstverweigerer wollte er nicht sein und er rückte in die Kaserne ein. Nun war eine Gemeinschaft zwischen jungen Männern angesagt. Hier, in der Kaserne, wurde morgens nach dem Aufstehen gemeinsam geduscht und die jungen Rekruten stellten beim Duschen ihren Penis zur Schau und Martin konnte über die Größe ihrer Dinger und seinem Pimmel Vergleiche anstellen. Natürlich waren die Schwänze seiner Kameraden im Ruhezustand praktisch gleich groß im Vergleich zu seinem. Bei genauerer Betrachtung musste Manfred feststellen, dass seiner im Ruhezustand kürzer und dünner war als die der anderen Jünglinge. Martin wusste aus dem Bett, wenn er einen Ständer hatte, wie groß sein Glied erigiert. Er machte nun in den nächsten Wochen Spannemann beim Duschen und dann sah er in der Toilette, wie zwei Kameraden einen Steifen hatten und sich damit gegenseitig an der Eichel berührten. Da bekam Martin einen kleinen Schreck, denn die beide hatten einen zu stehen, der doppelt so groß wie seiner war. Nun gut, dachte er bei sich, die haben einen Riesen, aber alle werden keinen so großen Riemen haben. Er dachte weiter, meiner wird wohl auch ein Mädchen bedienen können.

Die ersten Wochen ihres Wehrdienstes waren vorbei, sie hatten dass Grüßen und das Aufrechtstehen gelernt und bekamen ihren Ausgang.

Die Mädchen schwirrten vor der Kaserne herum und es dauerte nicht lange und es kam eine, die sich Martin zum Fummeln angelte. Diese Mädchen hatten Erfahrung. Die Rekruten kamen und gingen, und so mussten sich die Mädchen öfter einen neuen Beschäler suchen. Manfred hatte Glück, er kam an eine Dirne, die Erfahrung im Liebesgeschäft hatte, und da sie schon ein paar Wochen trocken stand, weil ihr damaliger Liebhaber seine Wehrzeit abgerissen hatte, war sie läufig. Manfred wusste nicht, wie ihm geschah. Nach ein paar heißen Küssen von dem Mädchen war sie schon an seinem Hosenschlitz und zog den Reißverschluss auf. Danach zog sie im Nu ihren Schlüpfer aus und sagte zu Manfred: «Nun vögele mich, hol deinen raus, wir machen das schnell im Stehen, ich bin schon soweit.» Martin wusste gar nicht, wie schnell seiner steif geworden war und holte ihn raus. Ihr dauerte alles zu lange und sie griff seinen und führte ihn an ihre Scheide. Es war schwierig, dass sie ihn hineinbekam, denn Manfred seiner war zu kurz und er kam nur bis an ihre Klitoris, nicht in ihre Grotte.

Das Mädchen war nun sexuell sehr erregt und wollte eine Befriedigung, die im Stehen nicht möglich war. Sie sagte zu Manfred: «Zieh deinen Stängel raus und mach es mir von hinten. Sie bückte sich und mit ihrer Hilfe kriegte sie sein Glied in ihre Muschi rein. Sie wartete, dass er seinen hin und herschob, er verharrte aber still. «Nun mach schon», sagte sie, «schieb ihn endlich hin und her, ich bin geil auf deinen Luststab.» Dann sagte sie zu Manfred: «Hast du denn überhaupt schon ein Mädchen gefickt?»

Weiter sagte sie: «Du kannst ja gar nicht richtig bumsen.» Das Mädchen war sexuell sehr erregt und sonderte viel Gleitsekret ab, sodass Manfred mit seinem dünnen Penis in ihrer Vagina kaum eine Reibung hatte. Das Berühren ihres Hinterns mit seinen Schamhaaren und das Stoßen an ihre Pobacken verursachte dem Mädchen langsam einen Orgasmus und bei Manfred war es auch so weit, dass seine Eichel anfing zu jucken und er zog sein Ding aus der Scheide heraus und ejakulierte ins Gras. Einen Gummi hatte er ja nicht übergezogen.

Das Mädchen sagte zu Manfred: «Vielen Dank für den Fick. Ich bin ja noch gekommen, aber auf die Dauer wird es nichts mit uns beiden. Dein Glied ist zu kurz und zu dünn. Adieu, mach es gut, ein zweites Mal gibt es nicht bei mir an der Muschi.» Er fand noch ein paar Mal ein Mädchen und machte es im Liegen auf ihr, hatte auch Ergüsse. Er machte die Erfahrung, dass er zierliche Mädchen, noch halbe Kinder bedienen musste, weil sie noch eine kürzere und kleinere Vagina hatten und jungfräulicher waren.

Bei einer geübten Fickerin konnte er nichts ausrichten, deren Scheide und Vulva waren schon ausgeweitet.

Um sich bei den Mädchen nicht zu blamieren, machte er sich es lieber selber und so kam er von den Mädchen ganz und gar ab. Es hatte sich unter den Mädchen auch herumgesprochen, dass er ein Miniglied hat.

Die Dienstzeit bei der Armee rückte dem Ende entgegen. Manfred hatte in der Einheit Glück gehabt, dass er im Sanitätsbereich seinen Dienst abgelten konnte und die Möglichkeit, sich in seinem Beruf weiterzubilden, sich zu qualifizieren, und er hatte gute Abschlusszeugnisse. Er bewarb sich in einer Spezialklinik in München, wo Operationen aller Art, Frauenunterleibserkrankungen geheilt wurden und Geschlechtsumwandlungen vom Mann zur Frau oder umgekehrt gemacht wurden. Eine interessante Arbeit stand in Aussicht und Manfred wurde als Oberpfleger eingestellt. Ein schöner Sprung nach oben. Er verlegte seinen Wohnsitz nach München und wohnte somit am Arbeitsort. Er dachte zurück an die Zeit, wo er sich in der Kleinwohnung einrichtete. Arbeitsmäßig galt es, sich in sein neues Arbeitsgebiet einzuarbeiten und sich die notwendigen Kenntnisse anzueignen. Es wurden ihm keine einfachen Arbeiten übertragen, die er verrichten musste. Keine Urinflasche beim Mann anzulegen oder einen Schieber unter den Hintern einer Frau unterschieben und entleeren. Nein, er wurde die rechte Hand der Ärzte und musste die operierten Patienten und Patientinnen versorgen und pflegen. Er wurde zu Voruntersuchungen für eine bevorstehende Geschlechtsumwandlung hinzugezogen.

Hauptsächlich Männer wollten eine Frau werden. Umgekehrt, eine Umwandlung einer Frau zu einem Mann war nicht gefragt. Es gibt ja den Ausdruck «Mannweib», aber eine Operation war riskant. Es war unsicher, ob von den abgetrennten weiblichen Geschlechtsteilen und den Brüsten ein Penis und ein Hodensack geformt und angenäht werden konnten. Hoden könnten ja aus Plaste eingenäht werden. Aber wenn das Formen der Glieder und das Annähen nicht gelänge, so könnte die Sache mit einer Erektion des Penis nicht bewerkstelligt werden. Gewiss, man könnte mit einer Prothese das Glied versteifen, sodass es bei einer Frau eingeführt werden könnte, wo bleibt aber das Lustgefühl dieses Mannes, der aus dem Körper einer Frau besteht?

Lassen wir die Spekulationen über wenn und aber bei der Umwandlung von Frau zum Mann und wenden wir uns der Umwandlung eines Mannes zu einer Frau zu. Selbstverständlich nahm das OP-Team nicht gleich ein Messer und säbelte dem Mann seinen Penis ab und formte aus diesem durch Heraustrennen des Schaftes eine Vagina und aus dem abgetrennten Hodensack wurde eine Scheide mit Schamlippen zurechtgebastelt und angenäht. Nein, mit kleinen Schritten musste dieses Wunder vorbereitet werden.

Dazu gingen weitläufige Untersuchungen vor sich, man musste die Gesundheit des Mannes testen, ob seine Organe, wie sein Glied und der Sack, für die Umwandlung verarbeitungsfähig sind, ob die geformten Organe einer Frau angenäht werden können, ob sie anwachsen und so weiter. Der Mann muss Monate vorher mit Hormonen vollgepumpt werden, damit aus seinen Warzen auf der Männerbrust ein paar knackige, steife Frauenbrüste werden, wobei seine Männerwarzen später dann schöne Frauenwarzen werden, die beim Belecken derselben hart werden. Er braucht Hormone, dass ihm im Gesicht kein Bart mehr wächst und andere Hormone, dass seine Kopfhaare schön lang wachsen und seidig weich werden. Die Schamhaare über dem zukünftigen Venushügel müssen sich zum Dreieck zurückbilden. Es ist zwecklos, alles darzustellen, denn diese Erzählung soll kein Lehrbuch über eine Geschlechtsumwandlung darstellen. Jedenfalls ist angedeutet, dass es seine Zeit braucht, bevor das OP-Messer in Aktion tritt. Neben den Hormonbehandlungen sind umfangreiche Untersuchungen des noch männlichen Körpers notwendig, damit später alles gelingt. Funktioniert später nicht alles bei dem umgewandelten Mann zur Frau, haben natürlich die Ärzte Schuld, weil sie gepfuscht haben.

Natürlich konnten die Ärzte diese Voruntersuchungen nicht voll und ganz allein durchführen, denn sie hatten auch Aufgaben im Krankenhaus, kranke Menschen zu behandeln und zu heilen. Aber man hatte ja den Oberpfleger Manfred auf diese Untersuchungen spezialisiert und der hat sich große Kenntnisse in der Sache angeeignet. Zu Beginn der Untersuchungen wird die gegenwärtige Manneskraft des umzuwandelnden Mannes untersucht und geprüft. Dieser Mann muss sich damit abfinden, dass er immer splitterfasernackt zur Untersuchung erscheinen muss. Dass er immer seine Geschlechtsteile zur Schau stellen muss, berührt ihn wohl nicht besonders, da er ja bald wie eine Frau aussehen wird. Zuerst wird die Größe seines ruhenden Gliedes in Länge und Stärke vermessen, dem Hodensack kommt Gleiches zu. Die Hoden werden gewogen. Das ist für Manfred keine ungewöhnliche Tätigkeit, denn als Soldat hat er viele Schwänze seiner Kameraden gesehen und kennt auch sein eigenes Glied. Dann musste festgestellt werden, wie groß die Länge und Stärke des erigierten Gliedes des Mannes ist. Das war nicht so einfach, denn auf Befehl wurde er nicht steif. Zumal haben sich die Männer auch damit abgefunden, dass das Glied abhanden kommt und hatten keinen Mumm mehr, dieses zu erstraffen. Das war schon wie tote Hose. Aber die Ärzte wollten vorher alles genau wissen und Manfred musste sich etwas einfallen lassen. Er zeigte dem Mann Bilder nackter Frauen, Bilder, auf denen Mann und Frau Geschlechtsverkehr ausübten. Videos und Pornos in allen Stellungen der Liebenden wurden gezeigt. Auf das Hinzuziehen einer Krankenschwester, einer weiblichen Person, Vorzeigen ihrer Muschi wurde verzichtet. Manfred ließ sich etwas einfallen.

Der zu untersuchende Mann lag ja im Untersuchungszimmer auf einer Pritsche und nun masturbierte Manfred das Glied des Mannes und er zog sein erigiertes Glied aus seiner Hose hervor und zeigte es dem Mann und ließ sich seinen anfassen.

Und ob man es glaubt oder nicht, dieses Zeigen des kleinen Gliedes von Manfred hatte Erfolg, das Ding des Mannes war plötzlich ein Phallus in voller Pracht und Größe. Schnell fotografierte Manfred das andere Glied und nahm die Vermessung vor. War Manfred mit dem Vermessen fertig, wobei er den Penis anfassen musste, überkam ihn ein Zittern im Körper und er wurde sexuell sehr stark erregt. Er dachte an seinen kleinen Schniepel in seiner Hose und wurde geil auf den vor ihm bei dem Mann erstarkten Riemen. Das war so schön und wunderbar anzusehen, wie dessen Rute steil nach oben steht und wie groß sein Ding war. Es war nicht zu erahnen, warum der Mann sein Lustorgan abschneiden lassen und Frau werden will. Manche Frau würde vor Lust schreien, wenn sie diesen Riesenschwanz eingeführt bekommen würde. Manfred dachte, ist es nicht möglich, wenn man mir das abgeschnittene Ding annähen würde? Aber leider, leider war das nicht möglich, denn dieser Mann wollte ja von seinen Geschlechtsteilen die Genitalien einer Frau bekommen.

Manfred war seine Arbeit in dieser Klinik bald leid, wenn er immer wieder große und steife Männerglieder sah, von denen sich die Männer trennen wollten. Immer wieder bekam er einen Ständer, wenn er die strammen Pimmel gesehen hat und er musste schnell zur Toilette rennen, um seinen kommenden Samen abzuspritzen. Durch die Arbeit in der Geschlechtsumwandlungsstation hatte er gar keine Gedanken an Frauen und ihren Geschlechtsteile, obwohl er oft nackte Frauenleiber in voller Gestalt, mit ihrem Venushügel und den darunter sitzenden Schamlippen sah. Er sah vor seinen Augen immer steife und große Schwänze und hatte auch zu Hause dazu rückwirkend seine Gedanken und wichste sich einen ab.

Aber auch auf der Männerstation der Klinik, wo andere Kranke der Klinik behandelt wurden, hatte er mit Männergliedern zu tun. Wenn Manfred des Morgens das Krankenzimmer betrat und die Bettdecke zurück schlug und er den Mann am Körper waschen wollte, sah er manchen wassersteifen Pimmel stehen. Ein Zittern ging dann durch Manfred, als er das erigierte Glied stehen sah und er geil wurde. Mit kaltem Wasser kriegte er den Steifen zum schrumpfen, was ihm richtig leid tat.

Er konnte aber gar nicht soviel Selbstbefriedigung betreiben, wie er erstarrte Glieder sah. Es war bei ihm schon krankhaft, wie er dachte.

Aber auch zu Frauenoperationen am Unterleib und zu den Voruntersuchungen dazu wurde Manfred hinzugezogen. Die Frauen hatten ihre Oberschenkel gespreizt und die ganze Herrlichkeit lag vor dem Betrachter. Ach, wie viel schöne, junge Frauen lagen nackt auf den Untersuchungstischen, ihre Oberschenkel waren auseinander und ein Arzt steckte seine Hand in ihre Scheide, in die Vagina und machte Abtastungen an der Gebärmutter. Man hatte der Frau eine Spritze gegeben, dass sich die Vagina geweitet hat und schmerzlos wurde und die Frau leicht betäubt war, weil soviel Männer und Studenten herumstanden und alles beobachteten. Der eine oder andere Student musste auch einmal seine Hand in den Unterleib der Frau hineinstecken und ein Untersuchungsergebnis bekunden. Eine Frau ist schön und begehrenswert, wenn sie in entspanntem Zustand nackt daliegt und sich bewundern lässt. Aber hier, bei der Untersuchung, konnte man von der Schönheit nichts erkennen, war das Wühlen mit der Hand in dem Unterleib einer Frau abstoßend. Nun, was wollte man, die Frau war krank und die Untersuchung zur Heilung notwendig. Manfred konnte noch so viele nackte Frauen sehen, sein Glied rührte sich nicht und blieb schlapp.

Er musste auch in der gewöhnlichen Frauenstation arbeiten, da das Anheben einer liegenden Frau und den Schieber unter ihr Hinterteil runter zu schieben, für eine Schwester zu schwer war. Nach Geschlechtsoperationen, egal welcher Art, musste auch ihr Geschlechtsteil versorgt werden, worauf Manfred spezialisiert war. Er sah manch eine Schamlippe, leicht behaart, aber niemals meldete sich Manfreds Glied, es blieb schlapp wie ein Wurm. Er hatte bei Frauen tatsächlich eine tote Hose. War das eine Reaktion auf seine Soldatenzeit, wo ihn die Mädchen wegen seines kleinen Penis' gehänselt und abgewiesen haben, oder war er anders wie die normalen Männer, die jederzeit ein Mädchen oder eine Frau bespringen können? War er umgepolt, waren sein Gen und die zugehörigen Chromosomen nicht normal, war er ein Homo, war er homosexuell?

Er kam schließlich eines Tages mit einem Arzt ins Gespräch, nein, Manfred suchte das Gespräch, um Ordnung in seinem Sexualleben zu finden. Er sagte dem Arzt klipp und klar, dass er kein Verlangen hat, mit einer Frau sexuell Kontakt aufzunehmen und mit ihr ficken will, und dass er bei jeder Frau tote Hose hat, aber bei Männern, wenn er deren versteiftes Glied sieht, sofort einen harten Ständer bekommt.

Der Arzt sagte Manfred, dass es mehr Männern so geht, als er denkt und das eine derartige Reaktion auf steife Glieder der Männer eine Homosexualität ist und Männer sich zu Männer gesellen und sich gegenseitig an ihren Geschlechtsteilen masturbieren, ihre Penisse in den After des anderen Mannes stecken und sich befriedigen oder andere Liebesspiele machen.

Ausnahmen bestätigen die Regel. Es gibt Männer, die es mit Männern treiben, aber manche Männer können es auch abwechselnd machen, einmal mit einem Mann und zum anderen kann er auch Frauen ficken. Heutzutage gibt es aber auch Frauen, die das Glied des Mannes nicht nur in der Vagina haben wollen, sondern sie lassen es sich auch von hinten anal machen, indem der Mann sein Glied in ihre Poritze, in ihren After hineinsteckt, und wie üblich in der Vagina auch im After hin- und herschieben muss, sodass sie auch dort einen Orgasmus bekommt. Selbstverständlich muss der After als auch das Glied mit Gleitmittel versehen werden. So wie bei Männern gibt es auch bei Frauen gleichgeschlechtliche Liebe, wo die Frau mit ihren Händen und ihrer Zunge eine andere Frau liebt, sexuell erregt und befriedigt. Da die Frau kein Glied hat, nehmen sie künstliche männliche Schwänze, sogenannte Dildos zu Hilfe bei ihren Liebesspielen. Diese Frauen nennt man Lesben. Der Arzt riet Manfred, sich einen Mann zu suchen, der geschlechtlich wie Manfred gepolt, also Homo ist und mit diesem Liebe zu machen. Ein Gleitgel dürfen sie jedoch nicht vergessen. Manfred erklärt noch, dass er einen kleinen Pimmel, erigiert zehn Zentimeter lang und zwei Zentimeter stark hat. Der Arzt sagt, die geringe Stärke des Gliedes erleichtert das Eindringen in einen After und sich geschlechtlich zu befriedigen. Wenn der Samen kommt, kann er diesen im After abspritzen, denn ein Mann kann ja kein Kind bekommen. Manfred machte sich am Wochenende, wie man so sagt, auf den Weg und hielt nach einem gleichgesinnten Mann Ausschau und fand auch einen, der gleich gepolt als Homo ist, und sagte sein Ja zum Verkehr. Es soll nicht lang und breit über ihre Liebesspiele berichtet werden, soweit sei gesagt, es klappte wunderbar mit den beiden Männern und jeder hatte seine Befriedigung und Manfred meinte, es war mit dem Mann schöner als in seiner Soldatenzeit mit den Mädchen und heute am 30. Geburtstag kam er abends wieder mit seinem Freund zusammen und es sollte ein schönes Liebesfest werden.

Ende

Wiedersehen nach zehn Jahren

Es war im Frühjahr. Der ICE von Köln nach Berlin hielt in Hannover. Fahrgäste steigen aus, andere stiegen ein. Wie immer ein bisschen Trubel, um einen günstigen Platz zu finden. Mit einem Mal ertönt eine laute Frauenstimme: »Hallo, Monika, komm her zu mir, hier sind noch Plätze frei.» Monika blickt in Richtung des Rufes und erkennt Anita, eine Schulfreundin, die seit zehn Jahren getrennt von ihr lebt. Sie ruft zurück: «Hallo, Anita, ich komme.» Herzliche Umarmung und Begrüßung, ein Küsschen auf den Mund, dann ein gegenseitiges Anschauen und Bemustern. Oh und Ah, dass wir uns nach zehn Jahren erkannt haben. «Es ist lange Zeit her, dass wir auseinander sind», sagt Anita. «Du hast dich gut gehalten. Du bist immer noch so schlank wie damals.» «Dieses Kompliment, Monika», sagt Anita, muss ich Dir zurückgeben. Du hast Deine damalige grazile Gestalt und Deinen Liebreiz behalten und überhaupt noch kein Fett angesetzt.» «Ja», sagt Monika, «man muss sich beim Essen zurückhalten und viel Obst und Gemüse, wenig Fleisch und Wurst essen.» «Wem sagst Du es», meint Anita, «ich halte mich auch daran.»

Nun geht die Fragerei und Antworterei los. Monika fragt: «Anita, wo wohnst Du?», und sie antwortet: «Seit fünf Jahren ist Köln mein Wohnsitz, ich bin Chefsekretärin und arbeite in einem Großbetrieb, ich bin noch ledig und Kinder habe ich noch nicht und werde mir wohl auch keine machen lassen.

Und Du, Monika?» «Ich wohne in Hannover, bin in einem Labor als technisch-medizinische Assistentin tätig, verheiratet, habe aber noch keine Kinder. Es hat noch nicht geklappt.»

«Und wo willst Du heute am Sonntag mit dem Zug hinfahren», fragt Anita. «Ich muss nach Berlin», sagt Monika, «einen Weiterbildungskurs besuchen. Und Du, Anita, wohin des Weges», fragt Monika. «Ich fahre auch nach Berlin», antwortet sie. «Morgen und übermorgen ist da eine große Konferenz, wo mein Chef teilnimmt und ich ihm zur Seite stehen soll. Der Chef fliegt in einem Flugzeug nach Berlin, die Tippse kann ja mit dem Zug fahren.» Anita fragt: «Monika, wenn Du verheiratet bist, hast Du ja auch einen Mann. Was für einen Beruf übt er aus, wo arbeitet er, wie alt ist er und wie ist das, jeden Tag mit einem Mann zusammen zu sein, abends bei ihm im Bett zu liegen und so weiter?» «Ach, lass das», sagt Monika. «Du bist aber neugierig. Ich sage jetzt nur, er ist Spezialtechniker und arbeitet auf Außenmontage beim Aufbau einer Zuckerfabrik in Afrika und ist zehn Jahre älter als ich.» «Na, Monika, da hast Du ja freie Sturmbude», sagt Anita. «Vermisst Du Deinen Mann nicht, fehlt Dir abends nicht etwas im Bett?» «Ach, lass das», sagt Monika, «ich möchte jetzt nicht darüber sprechen.» «Ist schon gut», antwortet Anita.

«Aber nun, wo wir uns nach zehn Jahren rein zufällig getroffen und lange nicht gesehen haben, könnten wir doch darüber nachdenken, mal ein Wochenende zusammen zu kommen und über alte Zeiten und was in den letzten Jahren gewesen ist, zu quatschen. Wenn Dein Mann nicht da ist, bist Du am Wochenende ja frei und könntest Freitagabend zu mir nach Köln kommen und bis Sonntag bleiben. Eine komplette Wohnung habe ich und Du kannst bei mir schlafen. Na, was sagst Du?» «Darüber muss ich nachdenken», sagt Monika. «Lust zu einem Treffen hätte ich schon und wir könnten uns aussprechen und die letzten zehn Jahre geistig an uns vorüberziehen lassen.»

«Abgemacht», sagt Anita, öffnet ihre Handtasche und entnimmt eine Visitenkarte mit ihrer Adresse und Telefonnummer und sagt zu Monika: «Gib mir Deine Telefonnummer. Wenn wir wieder zu Hause sind, ruft die eine oder andere an und wir vereinbaren ein Treffen.» Die Fahrzeit des Zuges über Stendal war schnell und das Ziel Berlin erreicht. Die Fahrgäste verließen den Zug, Anita und Monika verabschiedeten sich und strebten ihren jeweiligen Hotels zu. Vor dem Einschlafen dachten beide über das unverhoffte Wiedersehen nach und freuten sich auf einen baldigen Treff.

Anita fuhr am Mittwoch nach Köln zurück, Monika am Freitag nach Hannover. Am Sonnabend telefonierte Monika mit Anita und sie vereinbarten, dass Monika am nächsten Freitagabend zu Besuch zu Anita in Köln fahren wird.

Am Freitagabend war Monika in Köln eingetroffen und Anita holte sie mit einem Kleinwagen ab und sie fuhren zu Anitas Wohnung. Viel Gepäck hatte Monika nicht mitgenommen. Was brauchte man für zwei Tage? Zwei oder drei Slips, eine Strumpfhose als Ersatz, ein Nachthemd und Toilettenartikel, Zahnbürste und so weiter. Eine mittelgroße Reisetasche reichte aus. In dieser befanden sich unter anderem eine teure Flasche Sekt, eine große Schachtel Konfekt und außerdem obenauf ein schöner Blumenstrauß für Anita. Mit dem Fahrstuhl ging es in den dritten Stock hinauf und man erreichte Anitas Wohnung. Sie schloss die Wohnungstür auf und betrat eine geräumige Diele, von der das Bad und das Gästebad, die Küche, das Wohn- als auch Schlafzimmer und ein Gästezimmer zu erreichen waren.

Monikas erste Bemerkung war: «Du hast es aber schön hier und alles so geräumig.» Anita freute sich über das Lob und bat Monika zum Ablegen ihres Mantels, zum Ausziehen der Schuhe und zum bequemen Hinsetzen in einen Sessel oder auf der Couch.

Dann trug Anita einen Imbiss auf den Esstisch, es gab einen Rotwein dazu und es wurde gegessen. Danach übergab Monika Anita den Sekt und das Konfekt, die Blumen waren bereits in einer Vase untergebracht. Eine Kerze wurde angezündet, sie setzen sich bequem hin und das Erzählen begann.

«Hach, zehn Jahre haben wir uns nicht mehr gesehen.» Keine wusste etwas von der anderen. «Was hast du in dieser Zeit erlebt», fragte Monika. Anita antwortete: «Naja, ich ging in die Lehre, war Azubi und wurde im Bürowesen umfassend ausgebildet. Wir wohnten damals beide in unserer Geburtsstadt Braunschweig, verloren uns aber aus den Augen. Als ich ausgelernt hatte, wurde ich im Ausbildungsbetrieb als Tippse, später als Sekretärin beschäftigt.» «Und dein Liebesleben», fragte Mo-

nika? «Sie nannten dich doch damals Anita, die geile Schlange.» «Ja»,
sagte Anita, «das war damals eine wilde Zeit. Als ich sechzehn Jahre als
war, entjungferte mich ein älterer Lehrling. Das ging so eine Weile und
dann hatte ich diesen Jungen über. Ich wurde von ihm nicht befriedigt.
Er suchte seine Befriedigung, reinstecken, hin- und herschieben und er
hatte seinen Erguss. Meistens auch noch im Stehen.

Nun gut, man muss alles erst lernen, auch den Geschlechtsverkehr.
Es fand sich ein anderer Jüngling, der konnte es mir schon besser machen, aber auf die Dauer war es langweilig mit ihm, er hatte immer nur
das eine im Kopf. Ich wollte ja auch mal tanzen oder essen gehen. Ich
machte Schluss und stand eine Weile trocken oder ließ keinen Mann
meinen Slip runterziehen. Sende- und Empfangspause.

Wochen später, an einen Sonnabendabend hatte ich ein Tanzcafe
aufgesucht. Dort hat mich ein Typ beim Tanzen durch das Berühren
seines erigierten Gliedes an meinem Unterleib richtig geil gemacht. Wir
suchten ein Hotel auf und er begattete mich so scharf wie er konnte.
Bald hatte ich meinen Orgasmus und ich war bedient.

Bei ihm kam es aber nicht und er rammelte weiter. Ich bekam einen
Ekel und entwand mich seinem rein und raus. Ich sah den Kerl nie
wieder.»

Anita fragte Monika, ob sie ein Glas Sekt trinken möchte. «Ich hole
uns zwei Gläser und der Sekt wird im Kühlschrank schon gekühlt
sein.» «Eine gute Idee», meinte Monika, «der wird unseren gegenseitigen
Beichten gut tun und das Sprechen erleichtern.»

Nachdem sie angestoßen hatten, fuhr Anita in ihrem Geständnis fort.
«Eine Weile nach dem letzten Erlebnis hatte meine Muschi absoluten
Urlaub und Empfangssperre. Ich ließ keinen ran an meinen Slip und
keiner durfte sein Ding bei mir reinstecken. Monate später war ich mal
wieder tanzen gegangen. Man kann doch nicht immer im Zimmer
herumsitzen und Fernsehen gucken.

Also, wie gesagt, ein vornehm gekleideter Schniefke spendierte an
der Bar ein paar Drinks und sie schmeckten gut. Ob er mir K.o.-Trop-

fen reingeträufelt hat, weiß ich nicht. Nach einiger Benommenheit, ich dachte, ein leichter Schwips, merkte ich, dass ich mich mit dem Vornehmtuer in einer Kabine der Damentoilette befand. Nach dem Streicheln meiner Brüste wurde er deutlich und er sagte: «Ich möchte dich hier in der Kabine bedienen.» In meiner Benommenheit dachte ich, na, wenn schon, denn schon. Ich wollte meinen Schlüpfer ausziehen, da sagte er: «Nicht nötig, es genügt bis in die Kniekehlen runterziehen, ich mache es Dir von hinten.» Ich dachte, ist ja egal, sehen wollte ich seinen Lümmel nicht, sondern spüren, wenn er sich in meiner Grotte versteckt hat. Ich wartete und wartete, dass er ihn hineinsteckt, merkte aber nur eine Bewegung an meinen Hinterbacken. Ich sagte zu ihm: «Mach es endlich und lass mich nicht warten und stecke dein Ding rein, warum zögerst du?» Er sagte: «Meiner ist doch drin, vielleicht ist deine Vagina ausgeleiert oder sie ist zu schleimig.»

Es dauerte nicht lange, dass er sein gutes Stück in seiner Hose verstaute. Flüchtig sah ich seinen Pimmel. Er war so dünn wie mein kleiner Finger, da konnte man nichts spüren. Ich sagte zu ihm: «Hau ab, du Arsch und lass dich nicht wieder sehen.»

Ach Monika, das hat mir einen Schock gegeben. Wochenlang ging ich in kein Lokal. Schließlich fand ich noch einen Burschen, Anfang 30 Jahre, mit dem ich gut auskam und der einen guten Beischlaf machte. Ich dachte, mit dem könnte es länger andauern, mit dem könnte ich alt werden. Dann war er spurlos verschwunden. Ob er ein Ding gedreht hat und ins Ausland gegangen ist, weiß ich nicht. Er hat sich nie wieder gemeldet.

Monika, ich sage Dir, ich habe in unserer Braunschweiger Zeit viel erlebt mit den Männern und ihren so genannten Lustspendern. Es gab kurze und überlange. Manche hatten einen dünnen Schniepel und andere einen zu dicken. Einmal wollte einer mit einem krummen Pimmel bei mir rein. Es ging nicht von vorn und nicht von hinten. Ich war aufgegeilt und spielte ihm einen ab, wobei es auch bei mir kam. Dann hatte ich mal einen Jungen, der hatte einen ganz kurzen, sodass er nur bis an meinen Kitzler herankam.

Zugegeben, ich war geil auf dass Vögeln, manchmal hatte ich auch Mitleid mit einem Mann, dessen Glied zu klein war. Aber mit so einem Würmeling hat die Frau auch kein Vergnügen.

Aber Monika, lass es sein. Nach fünf Jahren freiem Liebesleben mit Männern hatte ich von diesen in Braunschweig die Nase voll und wollte keinen Mann mehr sehen. Auch haftete der Ruf, Anita, die geile Schlange, an mir fest, so dass ich Braunschweig verlassen habe. In Köln hatte ein Konzern eine Chefsekretärin gesucht, ich bewarb mich und wurde eingestellt. Einen Mann habe ich seit meinem Wegzug aus Braunschweig nicht mehr an meine Muschi gelassen. Es geht auch ohne Mann, ich bin Nonne oder was anderes.

Nun weißt du fast alles von mir aus den ersten fünf Jahren. Erzähle nun von Dir.»

Monika begann mit ihrer Erzählung und fing von ihrem Elternhaus an. Sie sagte: «Anita, Du weißt, wie konservativ meine Eltern waren und mich an der langen Leine hielten und überwachten. Ich wurde streng erzogen und behütet, dass ich nach der Schulentlassung und in der Lehrzeit als Krankenschwester keine Möglichkeit hatte, mit Jungens zusammen zu kommen. Ich hatte auch Angst, dass mich ein Junge besteigen würde und ich ein Kind bekomme und meine Zukunft verhagelt ist. Ich dachte immer, das mit der Deflorierung hat Zeit, später, wenn ich verheiratet bin, kann ich alles nachholen.

Ich beendete meine Lehre und war noch zwei Jahre als Krankenschwester im Krankenhaus in Braunschweig tätig. Du kannst Dir denken, dass es Krankenschwestern geben muss, aber eine leichte Aufgabe ist es nicht, wenn Du einem Mann seinen Puller in die Urinflasche reinstecken musst, bei einiger Übung schaffst Du es, seinen Würmeling ohne anzufassen in die Flasche reinzukriegen oder du musst einer Frau einen Schieber runterschieben oder den Schieber gefüllt rausbringen.

Liebesgefühle können kaum aufkommen, wenn du das Geschlecht des Mannes vor dir liegen siehst.

Na gut, fünf Jahre nach meiner Schulentlassung fand ich in einem Labor in Hannover eine Anstellung als technisch-medizinische Assistentin und bin mit meiner Arbeitsaufgabe zufrieden. Die unansehnlichen Tätigkeiten einer Krankenschwester waren fortgefallen und langsam wendete ich mich der Gegenwart zu und merkte, dass es auch Männer gab, die eine Frau bedienen konnten. Ich hielt Ausschau und, durch eine Vermittlung einer Kollegin, lernte ich meinen jetzigen Mann kennen, und wie man so sagt, auch lieben. Was heißt lieben. Es war Liebe auf Distanz, das heißt, es kam nur bis zum Küssen. Ich wollte keine Liebelei oder Sex, sondern einen Mann, der mich heiratet, einen Ehemann und ich seine Ehefrau.

Deshalb hielt ich mich an die Ratschläge meiner Mutter. Sie sagte, wenn du einen Trauschein hast, dann kannst du deine Oberschenkel spreizen. So war es bei mir und deinem Vater und er hat mich, seitdem wir verheiratet waren, gut befriedigt. Ich sagte das meinem Andreas und er sagte: «Ich verstehe Dich und werde vor unserer Hochzeit keine geschlechtlichen Beziehungen von dir fordern und verlangen.» Ich Dumme, Anita, du wirst es noch erfahren, warum. Meine starre Haltung in der Verweigerung des Beinebreitmachens beschleunigte unsere Heirat. Mein Andreas hatte vor der Hochzeit eine größere Wohnung angemietet und am Abend des Hochzeitstages waren wir allein. Keusch, wie ich noch war, hatte ich mich im Bad meiner Kleidung entledigt und ein Nachthemd übergestreift. Ich schlich mich auf leisen Sohlen zu unserem französischen Doppelbett, legte mich auf die rechte Seite des Bettes uns wartete auf meinen Mann und hatte etwas Angst vor der Entjungferung. Ich hatte ja keine Ahnung, was auf mich zukommt und wie ein erigiertes Glied eines Mannes aussieht. Ich kannte ja nur die schlappen Dinger der Männer im Krankenhaus. Meine Augen hielt ich geschlossen und so sah ich nicht, dass mein Mann splitternackt und mit einem Ständer ins Schlafzimmer herein kam und sich links ins Bett hinlegte. Er drehte sich zu mir um und sagte, Monika, mach die Augen auf, ich möchte dich küssen.» Monika sagte jetzt zu Anita: «Würdest du noch einmal Sekt eingießen, es redet sich besser, wenn man einen kleinen Schwips hat. Nun erzähle ich weiter.

Mein Mann wollte mich küssen und das konnte ich ja schon. Nach den ersten Küssen lüftete er meine Bettdecke und sagte: «Ach, du hast ja ein Nachthemd an, das musst du ausziehen, denn ich möchte einmal deinen nackten Körper anschauen und anfassen und das Hemd ist auch hinderlich in unserer ersten Liebesstunde, zieh bitte dieses Hemd aus.»

Ich setzte mich im Bett auf und er half mir, das Hemd abzustreifen. Schnell legte ich mich wieder hin und deckte mich mit der Decke zu.

«Aber nicht doch», sagte Andreas, «ich möchte jetzt deine Brustwarzen küssen, das muss so sein.» Ich hatte keine Erfahrung und legte meine straffen Brüste frei und er küsste die Warzen und er leckte sie und sie vergrößerten sich, sie wurden hart.

Es kribbelte schon in meinem Körper, dann kam seine Hand, mit der er meine Brüste streichelte und seine Hand glitt am Bauch hinunter zu meinem Schamdreieck und kraulte meine Löckchen. Weiter senkte sich seine Hand nach unten und erreichte meine Schamlippen und begann damit, sie zu masturbieren. Sie öffneten sich und seine Hand fand meine Liebesperle und massierte an der Eichel sie so, dass sie hart wurde und wie ein Penis des Mannes stand. Es war ein wunderbares Gefühl. Und nun wurde meine Scheide feucht, das Gleitsekret war da. Ach, Anita, ich war so dumm und auch noch Jungfer. Natürlich merkte ich, dass mein Unterleib auf etwas wartete. Ja, dachte ich, meine Vagina wartet, sehnt sich nach seinem Dosenöffner, der sie befriedigen soll und muss. Aber, oh weh, ich habe noch kein erigiertes Glied gesehen noch angefasst. Wie groß ist so das Ding des Mannes, wie lang, wie dick ist es, passt es überhaupt bei mir da unten rein? Nach meiner Erinnerung ans Krankenhaus, wo ich die Würmlinge in die Urinflasche stecken musste, konnte ein steifes Glied nicht allzu groß sein.

Andreas sagte zu mir: «Monika, bist du soweit, dass ich meinen Luststab bei dir einführen kann? Mein Ding ist schon steif und wartet darauf, deine Liebesgrotte zu besuchen.» Mit leiser Stimme sagte ich: «Ich denke, du kannst ihn reinschieben, wenn es sein muss.» «Ich Dumme», sagte Monika zu Anita.

«Er zog die Bettdecke von meinem Körper und warf sie aus dem Bett. Ich lag nun nackt vor ihm. «Mach schon», sagte Andreas, «geh in Stellung, zieh deine Knie nach oben und spreize deine Oberschenkel weit auseinander.» Er half mir dabei, da ich ja noch so dumm war. Nun richtete sich Andreas auf und kletterte mit seinem Unterkörper zwischen meine gespreizten Schenkel.» Monika sagte zu Anita: «Warum erzähle ich es Dir so genau, du kennst dich ja in den Stellungen aus.» «Erzähl ruhig zu Ende», sagte Anita zu Monika. «Ich höre dir zu, du erzählst alles so spannend.»

«Nun ja», sagte Monika, «ich war an diesem ersten Abend so aufgeregt, dass ich gar nicht nach seiner Blöße, nach seinem Penis guckte.

Nun sagte Andreas zu mir: «Du musst mir beim Einführen meines Stachels in deiner Scheide helfen, ich finde dein Loch nicht. Fass bitte meinen Lümmel an und führe ihn an die richtige Stelle, ich schiebe ihn dann bei dir rein.»

Ich fasste mit meiner rechten Hand nach unten und fand sein Dings und wollte mit zwei Fingern die Führung machen. Aber Anita», sagte Monika, «ich musste seinen großen, harten Stab mit der ganzen Hand greifen und herandrücken an meine Schamlippen. Nein, ich war so erschrocken, was mein Andreas für einen großen Riemen hatte. Später habe ich erfahren, dass sein Glied doppelt so dick ist wie ein normaler Penis. Er hatte einen Giganten von einem Riesenwuchs seines Gliedes.»

«Na gut», sagte Monika zu Anita, «ich war an dem ersten Abend sexuell sehr erregt, es war bei mir viel Sekret geflossen und sehr glitschig in meiner Vagina, so dass er sein dickes Stück hineingekriegt hat und hin- und herschieben konnte und ich war sehr wollüstig. Da ich keine Pille nahm und er kein Kondom übergestreift hatte, musste er, da sein Höhepunkt des Ergusses kam, seinen Degen aus der Scheide herausziehen und spritzte seinen Samen auf meinen Bauch.»

Monika sagte zu Anita: «Das war mein erster Geschlechtsverkehr, die Deflorierung habe ich nicht gespürt und einen Orgasmus hatte ich auch nicht bekommen, da sein Akt zu kurz war.

In meiner Dummheit dachte ich, meine Vagina wird sich durch den Verkehr weiten und wir werden einen normalen Beischlaf ausüben können. Das stimmte nicht. Am nächsten Abend wollte Andreas mich wieder besteigen. Er hatte auf mich, auf mein Geschlechtsteil Appetit bekommen und sagte im Bett zu mir: «Spreize deine Beine, ich will dich nehmen.» Er hatte bei mir kein Vorspiel gemacht und ich war unten trocken und hatte keine Erregung und keine Lust.

Ich sagte es ihm, er sagte: «Aber ich habe Lust dazu und bei dir wird die Lust schon noch kommen.»

Er war also über mir und hielt sein erregtes Glied an meine Scheide und wollte es hineinpressen. Es ging nicht. Ich hatte einen Scheidenkrampf bekommen, mein ganzer Unterleib war gespannt und meine Vagina verschlossen, es tat unheimlich weh. Andreas musste einen Arzt holen, der mir eine Spritze zur Entkrampfung gab. Der Arzt sagte zu Andreas, in den nächsten Wochen ist Enthaltsamkeit im Geschlechtsverkehr geboten. Sie müssen ihre Frau schonen. Nach zwei Monaten versuchte es Andreas wieder, bei mir einzudringen. Vorher wollte er durch Masturbieren meine Scheide öffnen. Es gelang nicht, ich bekam immer bei einem erneuten Versuch eine Verkrampfung. Meine Vagina bleibt für Andreas verschlossen und wir können keinen Geschlechtsverkehr machen.

Ab und zu habe ich mit meiner Hand an seinem Schniepel gespielt, ihn masturbiert und an seine Eichel einen Kuss gehaucht, so dass er eine Ejakulation bekam. Aber das habe ich über und kann nicht mehr. An meiner Muschi rührt sich nichts und Andreas muss sich selbst befriedigen oder in einen Puff gehen.

Infolge dieses Missklangs in unserer Ehe hat Andreas einen Auslandsjob angenommen. Vielleicht hat er in Afrika eine Frau gefunden, die unten breit gebaut ist und einen Giganten in sich aufnehmen, einführen kann.

78

Ich bin nun sozusagen Strohwitwe und habe daran gedacht, mich scheiden zu lassen, denn so kann es nicht weitergehen. Ich denke, ich war vorher zu prüde. Hätte ich vor unserer Heirat einen Geschlechtsverkehr mit Andreas versucht oder ihn lassen sollen, hätte ich von seinem Gigantismus Kenntnis bekommen und es wäre nicht zur Hochzeit gekommen. Wie sagt man, man soll keine Katze ungesehen im Sack kaufen. Den Schaden habe ich nun.

Willst Du, liebe Anita, nicht einmal mit Andreas schlafen und es einmal mit ihm versuchen? Vielleicht bin ich unten zu eng gebaut? Sein nächster Urlaub wäre einen Versuch wert. Vielleicht kann sein sechs Zentimeter dickes und 25 Zentimeter langes Ding in deiner Grotte Platz finden? Ein schlechter Kerl ist Andreas nicht.»

Anita antwortete auf dieses Angebot nicht und sagte: «Ich hole uns noch eine Flasche Whisky und wir trinken ein oder zwei Glas davon und dann gehen wir ins Bett.»

Anita sagt: «Monika, es ist schön, dass du dich bei mir ausgesprochen hast, dann findet man vielleicht auch eine Lösung des Problems. Auf dein Angebot, dass Andreas mich mal begatten soll, dafür bedanke ich mich, ich verzichte aber darauf, denn, wie ich dir sagte, lebe ich wie eine Nonne ohne Mann. Also, Monika, Prost mit dem Whisky. Heute schmeckt er mir. Und was sagst du?»

«Der Whisky hat einen guten Geschmack und er schmeckt mir auch. Also, einen zweiten trinken wir noch und dann geht es ab in die Heia.»

Anita stand auf und sagte: «Ich mache uns das Bett zum Schlafen zurecht.» Monika ging ins Bad und begann, sich auszuziehen und duschte sich und spritze sich danach Kölnisch Wasser an ihren Körper, dass sie gut duftete. Anita guckte ins Bad und sagte: «Du bist schon fertig, geh in mein Schlafzimmer, ich habe die Schlafcouch zurecht gemacht und wir beide schlafen heute zusammen auf der Couch, es ist ein Doppelschläfer, wo zwei Platz haben. Ein Nachthemd brauchst du nicht anziehen, ich schlafe auch immer nackt, das ist angenehmer. Ich dusche noch und komme gleich zu dir.» Monika brauchte nicht lange warten und Anita kam und legte sich an Monika heran. Anita fragte Monika: «Wie war der Abend und wie gefällt es dir bei mir?» «Oh», antwortete Monika, «es war wunderbar, mich bei dir auszusprechen und mein Herz offen zu legen. Ich habe nie gedacht, dass es mir mit einem Mann so ergehen kann. Ich weiß nicht, wie mein Leben weiter gehen soll. Ich glaube nicht, dass ich mit einem anderen Mann nach dem Erlebnis mit Andreas noch eine geschlechtliche Erfüllung finde und ob das mit meinen Scheidenkrämpfen überhaupt einmal aufhört. Ich hatte mich so auf eine geschlechtliche Erfüllung gefreut und nun gibt es gar nichts.» Monika sprach weiter: «Anita, du hast deinen Lebensweg erst zur Hälfte erzählt und hast zum Schluss gesagt, ich will keinen Mann mehr haben, ich habe von ihren Dingern die Nase voll. Willst du vielleicht noch als Nonne in ein Kloster gehen?

Wie ging dein Leben weiter?» «Warte ab», sagte Anita, «du erfährst noch alles von mir, ich beichte dir mein Leben.»

«Komm», sagte Anita, «mir ist danach, komm mit deinem Mund näher. Ich möchte dich küssen und ich habe lange Zeit nicht geküsst.» Ihre Lippen berühren sich und pressen sich aufeinander und Anita steckt ihre Zunge in Monikas Mund und bewegt sie hin und her und anschließend tut Monika das Gleiche in Anitas Mund und sie stöhnen beide.

«Ah», sagte Monika, «das tut gut, wenn auch die Küsse von einer Frau sind.» «Und», fragte Anita, «sind deine Brüste immer noch so knackig wie vor zehn Jahren, als wir noch in die Schule gingen und nach dem Sport uns duschten und wir uns gegenseitig die Brüste streichelten?»

Monika sagte: «Schau dir meine an und fass zu.» «Ah», sagte Anita, «die sind schöner geworden als sie damals waren.» Monika fragte: «Und deine Brüste?» «Fass sie an», sagte Anita, «und sag mir, was du denkst.» «Oh», sagte Monika, «deine Brüste sind auch wunderbar und ich bekomme ein Begehren, deine Brustwarzen zu küssen.» Sie beugt sich über Anita rüber und nahm erst die eine und dann die andere Warze in ihren Mund, leckte und saugte daran, bis die Warzen hart geworden waren. Und Monika fragte: «Anita, möchtest du es auch bei mir machen?» «Ja», sagte sie und war schon über die Brüste gebeugt. Monika stöhnte und sagte: «Ist das schön», und sie wurde rot im Gesicht. Ihr Blut pulste in den Adern.

Dann meldete sich Anita zu Wort und fragte: «Sind deine Schamhaare immer noch so dunkel und gelockt?» «Was denkst du», sagte Monika, «schau mal hin», und warf die Decke beiseite. «Deine Scham ist ja noch schöner geworden und so dichtes, dunkles Haar», sagte Anita, «ich möchte neidisch werden, über deine Pracht da unten.

Und was sagst du zu meinem Schamdreieck?» «Ah, du hast ja immer noch so schöne blonde Locken. Ich habe immer deine Blondheit geliebt, auf dem Kopf und an der Scham. Das reizt mich richtig. Komm», sagte Anita, «fassen wir doch gegenseitig unsere Scham an und kraulen, spielen wir in den Haaren herum.»

«Oh», sagte Monika, «das tut gut, das ist ein schönes Gefühl.» «Nun ja», sagte Anita, «es muss nicht immer ein Mann sein, der das macht, Frauenhände können das auch und sind zärtlich dabei.»

«Aber alles kann eine Frau der anderen nicht machen», sagte Monika, «eine Frau hat ja kein Glied da unten zum Lieben und ich denke dass eine Frau nur befriedigt wird, wenn das Ding des Mannes in ihrem Leib steckt und hin- und herbewegt wird.» «Ach», sagte Anita, «ist denn so ein Männerstock immer nötig?» «Ich weiß nicht», sagte Monika, «aber ich denke es mir. Wenn ich mich auch keinem Mann hingeben kann, ich meine meinem Andreas, so hätte ich doch Lust, dass es mir einer macht.» «Ach, die Männer mit ihrer Rute da unten», sagte Anita, «so schön sehen die doch auch nicht aus. Aber eine Frau, die ist oben wie unten schön. Weißt du denn, wie schön du unten an deinem Leibende, zwischen den Oberschenkeln bist? Hat dir schon einmal jemand einen Spiegel hingehalten, dass du weißt, wie du unten aussiehst?» «Nein, das hat noch keiner gemacht, wer denn?» «Nun werde ich es einmal machen, einen Spiegel holen und dir unten vorhalten, dass du dich betrachten kannst. Ein Mann kann seinen Schniepel im Spiegel selbst betrachten aber eine Frau ist benachteiligt, da alles versteckt ist.»

Anita holte einen entsprechend geformten Vergrößerungsspiegel. Monika lag auf dem Bett und musste ihre Schenkel spreizen und Anita beleuchtete die Pracht da unten, damit Monika alles erkennen konnte. Nun tastete Anita mit den Fingern das Geschlecht ab und erklärt Monika, was jeweils zu sehen ist. «Deine Scham kennst du ja, da brauch ich nichts erklären», sagte Anita. Ihr Finger berührte die großen Schamlippen mit der leichten Behaarung. Dann öffnete der Finger diese Lippen und hervor kommen die kleinen Schamlippen. Auch diese öffnet der Finger und oben in den kleinen Lippen sitzt die Eichel der Klitoris, so groß wie eine Erbse erkennbar. Nun sagte Anita: «Die Klitoris oder auch als Kitzler bezeichnet, entspricht dem Aufbau des Penis eines Mannes, der Kitzler hat eine Vorhaut, eine rosagefärbte Eichel, auch Glans genannt und einen Schaft. Bei sexueller Erregung vergrößert sich der äußere Teil der Klitoris und richtete sich wie ein Penis auf.»

Anita sagte: «Ich werde dir deinen Kitzler jetzt zärtlich massieren und du wirst im Spiegel sehen, wie er größer wird und steil emporsteht. Ich mach das jetzt, ein Mann muss das machen, wenn er eine Frau sexuell erregen möchte.

Siehst du es?» «Ja», sagt Monika, «heute sehe ich zum ersten Mal meine Schamlippen und meinen erhärteten Kitzler.» Anita sagte: «Was du siehst, ist nicht alles von deiner Klitoris. Wie man jetzt rausgefunden hat, ist der sichtbare Kitzler nicht die ganze Klitoris. Die wahre Größe des Organs ragt mit beiden erregbaren Schwellkörpern des Kitzlers bis zu neun Zentimeter ins Körperinnere. Sie umschließen die Harnröhre und schmiegen sich an die Scheidenvorwand. Damit ist der Schwellkörper der Klitoris größer als das männliche Glied im Ruhestand. Beim Liebesspiel haben es die Frauen am liebsten, am Kitzler direkt stimuliert zu werden. Dadurch schwillt das Gewebe an. Auf dem Gipfel der Lust löst die Klitoris den Orgasmus aus.

Noch ein Hinweis, liebe Monika, die Scheide einer Frau ist zehn bis zwölf Zentimeter lang. Soll ich dir deinen Kitzler, deinen kleinen Penis noch etwas manipulieren, dann sag es mir, ich spiele gern an dieser Liebesperle.» «Ja», sagte Monika, «das ist ein herrliches Gefühl und ich muss daran denken, dass eine Frau auch einen Penis hat, auch wenn er klein ist, aber er bereitet mir ein herrliches Gefühl, es ist schön, wie du es bei mir machst.» Anita sagte: «Nun liebe Monika, wo du etwas dazu gelernt hast über dein Geschlechtsorgan, möchte ich dich bitten, mit deinem Finger meinen Kitzler zu manipulieren, daran zu spielen, ihn zu reizen und hart zu machen. Ich möchte auch dein Erlebnis haben.» «Gern mach ich es dir», sagt Monika und sie spielte am Kitzler von Anita und der geilt sie auf, sie spürt an ihrer eigenen Klitoris, wie diese wieder sexuell erregt wird. Das kann doch nicht sein, denkt Monika, ich werde scharf an einem Kitzler einer Frau.

Anita sagte: «Masturbiere auch meine großen und kleinen Schamlippen und greife mit deiner Hand tiefer in die Scheide hinein. Merkst du, wie es in meiner Vagina feucht und glitschig wird?» Monika antwortete: «Ich glaube, bei mit läuft auch Saft heraus. Ich habe ein tolles Gefühl in meiner Vagina. Jetzt könnte ein Mann kommen und sein Ding hineinstecken und mich von vorn oder von hinten vögeln.»

Wie hast du das gemacht?», fragt sie Anita. Diese antwortet: «Du hast es dir selbst gemacht, als du meine Geschlechtsteile erregt hast. Vielleicht hast du dich mit deinem erregten Kitzler als Mann gefühlt: Wir wollen nicht soviel darüber reden, sondern die sexuelle Erregung genießen. Ich sage dir, wir sind homosexuelle Personen, die sich zum eigenen Geschlecht hingezogen haben und sich gegenseitig befriedigen. Ich weiß das seit einigen Jahren von mir, dass ich eine Lesbe bin. Ob du es bist, weiß ich nicht. Vielleicht ist das eine Neugier bei dir, eine andere Frau zu erkunden oder es ist mehr. Ich erzähle dir morgen mehr von mir, aus meinen letzten fünf Jahren hier in Köln.

Heute wollen wir unser sexuelles Erlebnis zu Ende bringen. Ich möchte noch einen schönen Höhepunkt haben und wenn du willst, mache ich dir auch einen Orgasmus.» «Mach schon», sagte Monika, «ich bin schon so geil und sexuell erregt, dass es schmerzhaft ist.» «Also dann», sagte Anita, «ich bin zuerst dran, wenn ich mich entspanne.»

Anita stand auf aus dem Bett und ging zur Waschkommode. Sie zog eine Lade hervor, nahm ein kleines Päckchen und zwei Schachteln heraus. Das brachte sie ans Bett. Sie öffnete das kleine Päckchen und nahm zwei Kondome heraus und legte sie zurecht. Dann öffnete sie die beiden Schachteln und nahm aus jeder einen Latex-Kunstpenis, drei Zentimeter dick und 16 Zentimeter lang, heraus und sagte zu Monika: «Das sind die Dildos, die uns erlösen sollen.»

Anita streifte die Kondome über die Latexglieder, die naturecht aussahen, und sagte, nun können wir uns selbst ficken oder wir machen es uns gegenseitig, das ist erregender und voller Lustgefühle. Anita sagte: «Ach, ich bin unten schon etwas trocken, da flutscht der Dildo nicht so gut. Monika, mach mich unten schnell nass und wenn du nachher trocken bist, mach ich dich feucht.» «Was soll ich bei dir machen», fragt Monika? Anita sagt: «Ich spreize meine Oberschenkel soweit es geht und du kommst mit deinen Kopf dazwischen und suchst mit deiner Zunge meinen Kitzler und leckst ihn hin und her, ich ziehe meine Schamlippen auseinander, sodass er frei daliegt. Nun mach schon.» «Ah», sagte Monika, «ich habe ihn gefunden und lecke.» «Ich merke», sagte Anita, «dass er jetzt steht. Ich nehme ihn in meine Lippen.» «Es ist genug», sagte Anita, «sonst komme ich gleich. Ich will mehr von diesem Liebesspiel haben.» Anita stöhnte und sagt: «Nimm einen Dildo und steck ihn durch meine Schamlippen in die Vagina hinein, und schieb ihn schnell vor und zurück, so wie es ein Mann mit seinem Glied macht. Schneller, noch schneller», stöhnt Anita, «ah, ah, das ist schön, lustvoller als mit einem Mann, schieb hin und her so weit wie er rein geht.» Plötzlich schließt Anita ihre Oberschenkel mit dem in der Vagina befindlichen Penis und genießt ihren Orgasmus.

Monika ist über das Geschehen erstaunt. Ist das, was sie eben erlebte, sexuell erregender als wenn es ein Mann gemacht hätte? Nun überkommt auch sie die sexuelle Lust. Es begann, als sie den Dildo in der Hand hatte und Anita bediente. Sie dachte, es ist ihr Penis, den sie in der Vagina bewegte. Aus ihrer Scheide lief bei dieser Handlung das Gleitsekret heraus. Monika kennt sich selbst und ihren Körper nicht mehr.

Anita bewegte sich nicht und Monika hatte Angst, dass Anita so fertig war, dass sie ihr nichts mehr machen konnte. Sie sagte: «Anita, komm auf die Erde zurück, werde wach, ich möchte auch sexuell erlöst werden, ich denke, dass ich keinen Scheidenkrampf bekomme.» «Sofort», sagte Anita, «es war zu schön, wie du es mir gemacht hast, ich musste es erst ausklingen lassen.

Zieh mir bitte den Erlöser heraus und leg ihn in das Waschbecken. Ich denke, dass das andere Glied die gleiche Passform hat, sonst muss ich ein anderes hervor suchen.» «Du hast mehrere Größen?», fragte Monika. «Ja, ja», sagte Anita, «frag nicht soviel.

So, ich bin soweit, dich zu bedienen, nein, zu befriedigen. Nimm nun die erforderliche Stellung ein, Knie anwinkeln, Oberschenkel spreizen. Du weißt schon, wie ich es gemacht habe. Ich fasse jetzt in deinen Schoß und prüfe, ob du feucht bist. Oh Gott, du bist nicht nur feucht, ganz nass, es läuft ja bei dir schon aus der Scheide heraus. Du bist ja schon so geil und wollüstig, dass der Kunstpenis sofort in deiner Scheide tätig werden muss, sonst bekommst du schon vorher einen Orgasmus.» Schnell war der Dildo zur Hand und Anita führte ihn in die Vagina ein und bewegte ihn hin und her, vor und zurück. Anita merkte, dass der drei Zentimeter dicke Luststab zu dünn war und keine Reibung brachte, da sich die Vagina vor Wollust geweitet hatte. Anita schob das Ding so weit es ging hinein und holte schnell ein vier Zentimeter starkes Glied, zog den dünneren heraus und führte den dicken ein. Monika hatte den Umtausch gar nicht gemerkt, aber nun, wo die Reibung an der Scheidewand da war und ihren G-Punkt penetrierte, kam es bei Monika zu einer wunderbaren sexuellen Erregung, sodass sie sich mit dem in der Vagina befindlichen Penis krümmte und aufstöhnte, nein, sie schrie vor Lust und Erregung.

Monika legte sich in ihrer Stellung wieder hin und Anita schob immer schneller den Dildo hin und her und steigerte dadurch die Wollust von Monika und berührte, nein, reizte die Klitoris auf Weißglut. Der Kitzler bescherte Monika den lang ersehnten Orgasmus, Monika fiel vor Erschöpfung innerlich zusammen und ließ ihre Befriedigung ausklingen.

Anita zog nun den Kunstpenis aus Monika Scheide heraus, Monikas Sekret floss nach, es war so, als ob sie Samen ausstieß.

Monika sah das herausgezogene Glied und sagte: «Warum ist der Dildo so dick geworden, du hattest doch vorher einen dünneren in der Hand? Wie ist das passiert?» Anita sagte: «Frag nicht und schlafe und träume von dem Wunder deiner sexuellen Befriedigung.» «Ja», sagte Monika, «ich danke dir dafür.» Anita deckte Monika und sich mit der Bettdecke zu und beide sagten sich Gute Nacht und ein kurzer Kuss folgte. Sie lagen erschöpft Rücken an Rücken, nein Gesäß an Gesäß, und ließen ihre sexuelle Erfüllung und Befriedigung ausklingen.

Am Sonnabendmorgen saßen beide bei frischen Brötchen und duftendem Kaffee am Frühstückstisch und ließen es sich schmecken. Es lässt sich ahnen, dass Monika von ihrem Erlebnis am Abend und in der Nacht noch voll von ihrer ersten sexuellen Erfüllung beglückt, aber auch beunruhigt war, dass es zu keinem Vaginismus, sprich: Scheidenkrampf, gekommen ist. «Ist dieses Leiden überwunden oder war es gestern abend eine Ausnahme? Was ist, wenn ich ein Glied eines Mannes in mich einführen lassen will?», fragte Monika Anita.

«Lass jetzt die Fragerei und frühstücke in Ruhe. Es kommt heute noch die Stunde, wo ich über mich sprechen werde und du neue Erkenntnisse erwirbst und Schlussfolgerungen ziehen kannst, warte ab», sagte Anita.

Am Nachmittag, als das Geschirr abgewaschen und die Wohnung auf Vordermann gebracht war, sagte Anita: «Nun haben wir beide Zeit, über mein jetziges sexuelles Leben und wie es dazu gekommen ist, ausführlich zu plaudern. Anstatt herumzusitzen, legen wir uns nackt ins Bett und können beim Erzählen auch ein bisschen kuscheln. Einverstanden?», fragte Anita. «Ja», antwortete Monika. Im Nu hatten sich beide ihrer Kleidung entledigt und sie musterten bei Tageslicht ihre entblößten Leiber und beide waren über den Wuchs des eigenen Körpers und dem Körper der anderen zufrieden und stellten fest, dass eine nackte Frau doch etwas Wunderbares ist.

Sie legten sich ins Bett und bedeckten ihre Körper mit der Bettdecke. Beide auf der Seite liegend und sich ansehend, begann Anita über ihren Lebensweg in den letzten fünf Jahren in Köln zu berichten.

Nun, nach dem Umzug aus Braunschweig nach Köln und der neuen Arbeitsaufnahme als Chefsekretärin und dem Eingewöhnen in der fremden Stadt, hatte Anita wenig freie Zeit und kein Interesse auszugehen. Die Männer hatte Anita in Braunschweig abgelegt und sie hatte noch keine Lust, einem Mann ihre Dessous zu zeigen oder ausziehen zu lassen. Ja, manchmal hatte sie Schmetterlinge im Bauch und es kribbelte unterhalb der Scham und sie machte es sich selbst.

Nach fast einem Jahr bekam sie Lust, tanzen zu gehen und suchte eine Tanzbar auf. Sie wunderte sich beim Betreten der Bar, dass nur Frauen miteinander tanzten und Männer nicht zu sehen waren. Auch die Bedienung der Gäste erfolgte durch Kellnerinnen. Knapp eine Viertelstunde am Tisch sitzend, kam eine brünette Dame und forderte Anita zum Tanzen auf. Anita nahm dankend an und in wiegendem Schritt tanzten sie.

Zurück am Tisch von Anita stellte sich die Dame mit ihrem Vornamen Lisa vor und fragte, da der zweite Stuhl am Tisch nicht besetzt war, ob sie nicht bei Anita, die auch ihren Vornamen genannt hatte, Platz nehmen könne. Anita sagte «ja» und war froh, dass sie Gesellschaft bekommen hatte, da sie keine von den anwesenden Frauen kannte.

Der Abend zog sich zwischen den beiden mit Erzählen und Tanzen hin und Sekt tranken sie auch. Schließlich erfuhr Anita, dass ihre neue Bekanntschaft Ärztin und zehn Jahre älter ist. Anita fand das Tanzen mit Lisa, eng umschlungen und ihren Körper je nach dem Takt der

Musik eng an sich geschmiegt, wunderbar und sagte es Lisa. Und sie antwortete, dass Anita auch gut tanze, blond sei und sie das Blond an einer Frau liebe.

Es war inzwischen 1 Uhr geworden und die Bar wurde geschlossen. Lisa sagte, sie wohne um die Ecke und Anita könne mitkommen und bei Lisa schlafen und sie brauche in der Nacht nicht allein zu ihrer Wohnung pilgern. Anita sagte: «Mir ist es recht.» Sie war etwas angeheitert durch den Sekt und eigentlich froh über die Einladung von Lisa.

Anita erzählte weiter. «Wir gingen los und flugs waren wir in Lisas gut eingerichteter Wohnung eingetroffen. Lisa war solo und wohnte allein. Sie machte uns noch einen Kaffee, der munterte etwas auf, und wir tranken zwei Cognac dazu und Lisa sagte: «Ich zeige dir unser Bett, du kannst gleich duschen und legst dich schon hin und ich dusche nach dir und komme dann auch ins Bett.»

Anita zog sich im Bad aus, duschte, nahm ihre Kleidung und flitzte nackt in die Schlafstube, wo ein geräumiges französisches Bett mit aufgeschlagener Bettdecke bereit stand.

Anita sagte zu Monika: «Ich legte mich ins Bett und deckte mich zu. Nach zehn Minuten kam Lisa nackt herein, sie duftete wunderbar und sagte: «Habe ich nicht noch eine jungfräuliche Figur und schöne, feste Brüste. Schau mich mal an.»

Anita sagte: «Ich richtete meinen Blick auf Lisas wohlgeformten Körper und meine Augen sahen auf das Schamdreieck von Lisa. Monika, was ich da gesehen habe, brachte mein Geschlecht in Wallung. Nein, ich sah nicht das Dreieck der Schamhaare, sondern meine Augen sahen eine beinahe nackte Scham. Ich sah den Venushügel, unverhüllt, wie aus weißem Marmor geformt und sah einen etwa zehn Zentimeter langen und einen Zentimeter breiten Haarstreifen, der vom Leib bis zum Schambein und den Beginn der großen Schamlippen frei gab wie mit einem Lineal gezogen. Dieser Streifen Haare war geschoren und zu einer Bürste geformt worden. Rechts und links dieser Bürste war Lisa blank rasiert und das sah wunderbar aus und ich hatte das Verlangen, nein, eine Gier, diese Bürste zu berühren, zu streicheln und die Wölbung ihres Venushügels anzufassen und mit meinem Zeigefinger kreisend darüber zu streicheln. Ich bat Lisa, näher zu treten und fragte sie, ob ich ihre Scham, die keine mehr war, berühren darf, und Lisa sagte ja. Anita sagte jetzt zu Monika, dir würde eine solche Bürste mit deinem dunklen Haar auch gut stehen und Frauen wie mich geil machen.

Wann hast du eine nackte Frau gesehen, hat Lisa damals gefragt. Ich sagte, nur als junges Mädchen beim Duschen nach dem Sport und ab und zu einen nackten Mann. «Ach, Männer», sagte Lisa, «die finden sich mit ihrem Gehänge bewunderungswürdig, ich finde das eklig.» Sie sagte weiter: «Ich habe die Männer abgeschrieben und liebe nur noch Frauen, vielleicht auch Männer, wenn sie noch Jungfer sind.»

Anita sagte: «Ich antworte ihr, was ist das für eine Liebe, ohne Penis in der Scheide der Frau wird sie doch nicht befriedigt.» «Das denkst du», antwortete Lisa und legte sich neben mich ins Bett. Sie begann das Haar auf meinem Kopf zu streicheln und knabberte ein bisschen an meinem Ohr. Ihr Mund kam an meinen Hals und sie leckte mich zärtlich in der Gegend meiner Halsschlagader und küsste mich auf meinen Mund. Sie lüftete die Bettdecke und kam mit ihrem Mund erst an die eine und dann an die andere Brustwarze und leckte und saugte daran. Mir wurde dabei ganz komisch und ein leichtes Zittern ging durch meinen Körper. Nun fragte mich Lisa: «Hast du schon einmal die Warzen einer Frau geküsst?» Ich antwortete: «Nein, wen denn?» «Da tu es jetzt und küsse meine Warzen und nimm sie voll in deinen Mund und sauge daran.» Lisa fing an zu stöhnen. Sie lag weiter auf dem Rücken und ich seitlich, ihr zugewandt. Lisa fragte weiter: «Hast du, Anita, schon mal eine Frau in den Schoß, an ihr Geschlecht gefasst?» Ich sagte: «Nein, wen denn?» «Dann tu es jetzt, damit du erfährst, was für ein Gefühl Du dabei hast», und sie nahm meine rechte Hand und führte sie an das Ende ihres Leibes, in die geöffneten Oberschenkel. «Komm», sagte Anita zu Monika, «gib mir deine Hand», und legte diese auf ihr Geschlecht bei geöffneten Schenkeln.

Weiter sprach Anita zu Monika: «Ich kannte ja meine Schamlippen bei meinen 21 Jahren, sie waren noch dünn, aber bei Lisa war es ein schönes Gefühl, als ich die angeschwollenen Schamlippen anfasste. Lisa war ja zehn Jahre älter als ich. Nun hatte Lisa den Wunsch, dass ich mit meinem Zeigefinger ihre großen Lippen, die mit Haare bewachsen waren, öffne und darin zu bewegen.» Monika machte bei Anita die gleiche Bewegung, als ob sie eine Schülerin war, die das Frauenlieben lernen wollte.

Lisa fragte damals Anita: «Weißt du, wo bei einer Frau die kleinen Schamlippen sind?» Ich sagte ja und Lisa bat mich, mit meinen Finger diese zu öffnen und weiter sagte sie: «Such meine Klitoris und stimuliere sie, du weißt doch, wo der Kitzler einer Frau sitzt.» Anita machte es so damals bei Lisa und Monika konnte jetzt nicht anders, als das gleiche bei Anita zu tun. «Ach», sagte Anita zu Monika, «du kannst dir gar nicht denken, was ich bei diesem Liebesspiel dachte und ob das nicht verboten ist, was ich da bei Lisa, einer Ärztin machen musste. Dann wurde es feucht in der Scheide von Lisa und ein glitschiges Sekret, ein Schleimsekret kam geflossen. Das kannte ich bei mir», sagte Anita, «wenn ein Mann mich fickte. Aber jetzt bei Lisa war ja kein Mann da, der sein Glied reinstecken konnte.» Bei diesem Erzählen wurde auch Anita die Muschi ganz nass.

«Lisa sagte damals zu mir», erzählte Anita weiter, «mach die Schublade vom Nachtschrank auf und nimm den Dildo raus und führe ihn bei mir ein. Ich wusste gar nicht, was ein Dildo ist, sah aber im Schubfach einen Kunstpenis liegen. So ein Ding ohne Mann daran hatte ich noch nie gesehen. Ich überwand mich, griff das Ding und führte es in die Vagina von Lisa ein. Es gab ein Ah und ein Oh von Lisa und sie sagte: «Schieb ihn hin und her, rein und zurück, du weißt ja, wie es ein Mann beim Vögeln macht.» Dann sagte Lisa: «Schieb ihn bis ans Ende rein, lass ihn los, leg dich mit deinem Schoß zwischen meine gespreizten Schenkel und bewege dich so wie ein Mann, wenn der auf einer Frau liegt und sie bedient.» Ich machte das und dachte bald, dass ich die Lisa ficke.

Derweilen lagen Lisas Hände auf meinen Hintern und sie presste mich in ihren Schoß hinein. Damals wurde meine Scheide ganz nass und das Sekret floss heraus, als ob ich Samen ausstieß. Monika, ich sage dir, das war ein sexuelles Erlebnis, ich habe nie gedacht, dass sich eine Frau an einer anderen Frau so wollüstig erregen und befriedigen kann.» Bei diesen Worten war Anitas Scheide auch glitschig geworden und auch bei Monika floss der Saft, das Sekret aus der Scheide heraus.

Monika fragte Anita: «Wie ging es damals weiter bei deiner Lisa?» «Ja», sagte Anita, «Lisa war befriedigt und total fertig. Ich musste den Dildo herausziehen und abwaschen sowie trocknen. Lisa blieb noch eine Weile mit gespreizten Beinen liegen und ließ den Akt ausklingen. Dann ging sie ins Bad und wusch sich ihre Genitalien. Ich hatte mich schon ins Bett hingelegt und war unheimlich aufgeregt, ich hörte richtig mein Herz pochen in meiner Brust. Ich war heiß, läufig wie eine Hündin, über das, was ich in der letzten halbe Stunde erlebt und gemacht habe. Lisa kam, setzte sich neben mich auf das Bett und streichelte mein Gesicht und sagte, du bist wohl sehr aufgeregt. Ich sagte ja, ich habe nicht gedacht, dass es so etwas zwischen zwei Frauen geben kann und dass so etwas gemacht wird. Ich habe weiter gesagt, dass ich gehört habe, dass Männer schwul sind und sich mit ihren Schwänzen beim anderen Mann befriedigen, indem sie ihn im After reinbringen, dass solche Männer homosexuell sind, aber Frauen?»

«Ja», sagte Lisa, «so etwas gibt es auch bei Frauen, nur andere Techniken werden angewandt.

Damit sich solche Frauen kennen lernen, gibt es Tanzbars oder Cafes. Dort treffen sich die Lesben, wählen aus und lernen sich kennen. Für gewöhnlich werden sie Paare und wechseln nicht so oft den Partner. Die Lesbe ist eine Lesbierin und die Lesbierin ist eine homosexuelle Frau, die sexuell gleichgeschlechtliche Liebe mit einer anderen Frau ausübt. Etwas schwierig, diese Definierung aber so ist eben.»

Anita sagte zu Monika: «Ich fragte damals Lisa, ob ich auch eine Lesbe bin, weil ich das mit ihr gemacht habe, was Lisa an ihrem Körper zu tun gefordert hat. «Nein», hatte sie gesagt, «so kann man es noch nicht bei dir sehen. Du bist von mir überrumpelt worden, warst leicht beschwipst und neugierig. Du bist da hinein gerutscht, ohne zu wissen, was eigentlich los ist. Es war eine Überrumpelung von mir.»

Lisa sagte weiter: «Aber allein kannst du es nicht ergründen, ob du lesbisch bist. Da gehört eine andere Frau dazu. Da es scheint, dass du mich magst und auf brünette Frauen stehst und ich auf blondes Haar und eine blonde Scham stehe, würde ich vorschlagen, wir üben beide darin, ob du lesbisch bist. Ich könnte mir denken, dass wir beide zusammen passen würden und uns lieben könnten. Anita, du bist mein Typ, an dir werde ich scharf, ich begehre dich sexuell. Und Anita, wenn du mir sagtest, von Männer mit ihren Dingern willst du nichts mehr wissen, so könntest du wohl Frauen lieben oder von Frauen geliebt werden und innerlich schon eine Lesbe sein, ohne dass du es gewusst hast und weißt.

Anita, bleib am Sonntag noch bei mir und wir wissen am Sonntagabend mehr von dir und uns beiden.» Lisa sagte damals: «Es ist spät geworden und wir müssen ein paar Stunden schlafen.» Sie legten sich lang ins Bett, beide küssten sich und sagten sich Gute Nacht.

Und in die Gegenwart von Anita und Monika zurückgekehrt, finden wir beide mit nassen Schamlippen und zwei erregten Kitzlern im Bett vor. Monika sagte: «Ich habe mich bei deiner Erzählung, Anita, sehr sexuell erregt und kenne das gar nicht. Ich habe großes Verlangen zu wissen, ob mein Vaginismus vorbei ist und ich endlich sexuelle Erlebnisse in meinem Geschlechtsorgan ausleben kann?

Kannst du, liebe Anita, mir helfen?», fragte Monika. «Ach», sagte Anita, «du bist wohl schon wieder geil? Du hast dich ja schon an mir, einer Frau sexuell erregt und durch meine Erzählungen mit Lisa bist du wollüstig geworden, das ist ein gutes Anzeichen für dein kommendes Sexleben ohne deinen Ehemann.» «Ja», sagte Anita zu Monika, «ich habe damals bei Lisa, der Ärztin, viel gelernt und bin auch eine richtige Lesbe geworden. Frauenliebe unter sich ist schöner als Frauen-Männerliebe, denke ich, weil ich lesbisch bin.

Wenn ein Mann eine Frau gerammelt hat und seinen Schwanz heraus-zieht und seinen Samen auf den Bauch der Frau spritzt, ist das eklig und sie muss gleich aufstehen, ins Bad gehen und das Sperma abwaschen. Wenn zwei Frauen sich geliebt und einen Orgasmus hatten, können sie liegen bleiben und das Erlebnis ausklingen lassen.

Nun aber zur Sache, liebe Monika. Ich kenne nun viele Praktiken und auch Gerätschaften, die das Liebesleben der Frauen unter sich er-leichtern und den Orgasmus herbeiführen, denn mit der Hand kann eine Frau der anderen nicht alles machen. Ich fragte dich gestern, ob du deinen Körper kennst und du hast geantwortet, wohl nicht alles. Heute frage ich dich, ob du weißt, wie eine Frau von hinten zwischen den Oberschenkeln aussieht, wenn sie sich bückt?» «Ich weiß es nicht», sagte Monika, «ich habe noch keine Frau in dieser Haltung gesehen. «Ich glaube es dir», sagte Anita, «und ich bücke mich jetzt und was siehst du unter meinem After?» «Oh», sagt Monika, «du hast ja da ein kleines, straffes Säckchen sitzen, wo kommt das her, ich habe bei mir noch nichts Derartiges gefühlt.» «Komm», sagte Anita, «zeig dein Hinterteil dem Spiegel und ich halte vor deine Augen einen anderen Spiegel und du kannst, wenn du den Spiegel seitlich hältst, dein Hin-terteil betrachten.»

«Donnerwetter», sagte Monika, «bei mir ist ja da auch ein kleines Säckchen zu sehen. Ich dachte immer, dass nur Männer einen Sack haben.» «Ja, ja», sagte Anita, «das ist die Unwissenheit der Frauen. Pass mal auf und bleib so stehen und ich streichele einmal dein Säckchen von hinten und drücke meinen Zeigefinger daran. Nun sieh noch einmal in den Spiegel und sag mir, was du siehst?» «Oh», sagte Monika, «das Säckchen ist ja geplatzt und hat einen Riss bekommen. Was ist denn nun los?» «Ich sage es dir», sprach Anita, «der Sack sieht nun wie eine aufgeplatzte Eierpflaume aus. Kennst du nicht den Ausdruck für das Geschlechtsorgan der Frauen?» «Ja», sagte Monika, «in der Schule ha-ben wir öfter gesagt, mir juckt die Pflaume. Und was ist das, was man da sieht?», fragte Monika. «Das ist ganz einfach», antwortete Anita, «das sind deine großen Schamlippen, die sich beim Bücken unten so ausformen und die Ritze ist die geöffnete Scheide.»

Anita sagte: «Komm, bleib am Sessel so stehen und ich werde deine Eierpflaume von hinten massieren und scharf machen.» «Ach», sagte Monika, «das ist ein schönes Gefühl.» «Das kann noch schöner werden, wenn du es möchtest», sagte Anita. «Ja», sagt Monika, «ich habe Lust dazu.» «Dann mach dich bitte selbst scharf und spiele an der Eichel deiner Klitoris mit dem Mittelfinger deiner Hand und wenn er sich aufgerichtet hat, sieh dir deinen Kitzler im Spiegel an und freu dich, das du einen straffen Kitzler hast. Mach es so lange, bis alles nass ist in deiner Scheide. Ich gehe mal schnell ins Bad und bin gleich zurück.» Schnell schnallte sich Anita einen Vorbindepenis um und ging mit steifem Glied zu Monika und forderte sie auf, sich am Sessel zu bücken und mit den Händen abzustützen. «So», sagte Anita zu Monika, «bekomm bitte keinen Schreck, jetzt bekommt deine Eierpflaume von hinten Besuch.»

Anita öffnete mit ihrem Finger die Schamlippen von Monika und massierte sie etwas, damit sie sich mit Blut anfüllten. «Nun», sagte Anita zu Monika, «spreize deine Oberschenkel schön auseinander», und Anita schob den Vorbindepenis durch die Schamlippen in Monikas Vagina von hinten rein. Monika stöhnte auf. Als Anita das Glied in der Scheide hin- und herschob, vor und zurück und die Fickbewegung steigerte, schrie Monika: «Oh, ah, ist das schön, mach schneller, nimm mich richtig von hinten, mach es mir, fick mich richtig durch, ich bin ja so wollüstig, so geil.» Aber auch Anita hatte ihr sexuelles Erlebnis bei diesen Bewegungen, da am Vorbindepenis ein kleiner Penis angebracht war, der den Kitzler von Anita bei jedem Stoß stimulierte und ihr die Lust brachte. Aber lange dauerte das ganze nicht mehr. Monika war so aufgereizt, dass ihr Kitzler den Befehl Orgasmus gab und eine Drüse in der Vagina ein paar Tropfen Flüssigkeit abgab wie ein Samenstoß bei einem Mann. Monika sagte: «Anita, höre auf, du hast mich fertig gemacht, ich kann nicht mehr, zieh den Penis aus meiner Spalte heraus. Anita, du hast es mir schön gemacht und ich danke dir dafür.» Monika drehte sich um und großes Erstaunen war in ihren Augen und sie fragte: «Darf ich das Ding auch mal umschnallen und dich bedienen?» «Ja», sagte Anita, «du bekommst ein Höschen angezogen, wo ein großer und ein kleiner Penis eingearbeitet sind und damit darfst du mich nehmen. Aber jetzt machen wir eine Kaffeepause und dann sehen wir weiter.» Kuchen und Kaffee haben geschmeckt und danach tranken sie noch einen Aperitif. «Nun», sagte Anita, «ich möchte dir noch von meinem ersten Beisammensein mit Lisa erzählen. Als wir am Vormittag aufwachten, blieben wir noch im Bett liegen und streichelten und liebkosten uns gegenseitig, sodass ich schnell heiß wurde und mit meiner Hand Lisas Geschlecht suchte, die Schamlippen öffnete und mit meinem Zeigefinger den Kitzler von Lisa liebkoste.

Ich hatte eine richtige Gier, das sich das Ding aufrichtete und steif aus den Lippen hervorlugte. Und ich sage dir, Lisa ihre Klitoris war nicht so mittelmäßig wie mein oder dein Kitzler sondern sie war größer in der Länge und Dicke, wenn sie erregt war. Ich hatte ja vorher schon viel Sex mit Männern gehabt und wo auch mein Kitzler beteiligt war und ich die Glieder der Männer in meiner Hand hatte und sie auch ein bisschen gewichst, sie onaniert habe, was reizvoll war, aber bei einer fremden Frau in die Spalte zu fassen und am Kitzler zu spielen und ihn in Erregung zu bringen, war sexuell ein Höhepunkt für mich, zumal die Größe ihres Kitzlers mich sexuell aufreizte. Lisa genoss mein Spielen an ihrem Ding und wurde unten nass. Und ob du es mir glaubst oder nicht, bei mir lief aus meiner Scheide auch das Gleitsekret, ohne dass Lisa mich angefasst hat. Da ahnte ich, dass in meinem Körper eine Lesbe steckt und ich eine lesbische Frau bin. Lisa sagte zärtlich: «Anita, du hast es geschafft, mit deinem Finger mich wieder unheimlich scharf zu machen, sodass ich glaube, ich muss in meiner Scheide erlöst werden.» «Nicht doch», sagte ich zu Lisa, «in meiner Vagina brennt es, ich liebe dich, befriedige mich, mach mich fertig.» Also, dann wir beide zusammen. Sie stand auf und ging an ein Schränkchen und entnahm aus diesem einen überlangen Latexpenis, der an jedem Ende eine Eichel mit verschiebbarer Vorhaut hatte. In Hockstellung schob sie eine Eichel und zwölf Zentimeter Schaft in ihre Vagina rein und kam, das andere Ende mit der Hand haltend, zu mir ins Bett. Monika, wie das aussah, eine Frau mit prallen Brüsten und unten hatte sie einen steifen Schwanz. Lisa sagte zu mir: «Mach die Fickstellung, dass ich dich besteigen, den Penis bei dir reinschieben und dich ficken kann.»

Lisa kroch vorsichtig ins Bett und zwischen meine gespreizten Oberschenkel und schob die andere Seite des Gliedes, die Vorhaut zurückgezogen und die freiliegende Eichel durch meine geöffneten Schamlippen in das Innere meiner Vagina rein. Dann legte sich Lisa auf mich drauf und drückte ihr Geschlecht auf mein Geschlecht und ich hob meinen Hintern etwas an und drückte dagegen. Langsam wiegte Lisa ihren Unterkörper hin und her, schob nach unten und zog vorsichtig nach oben zurück und wir beide behielten diesen Doppelpenis in unserer Scheide. Lisa fickte mich wie es ein Mann macht. Es war unheimlich schön und allein der Gedanke, eine Frau fickt eine andere war berauschend. Ich wurde immer geiler. Lisa stöhnte vor Wollust und ihre Bewegungen auf mir wurden immer schneller. Unser beider Scheidensekret lief heraus und vereinigte sich, es war so, als wenn zwei Männer es gemeinsam trieben und der Samen herauslief. Ein lautes Schreien, Lust und Freude von Lisa, war zu hören und dann brach sie zusammen, das heißt, sie blieb ohne Bewegung auf mir liegen und ließ ihren Orgasmus ausklingen. Auch ich war vollauf befriedigt, ich war erschöpft, fix und fertig. Mit einem Mann zusammen war ich noch nie so erschöpft gewesen. Ich wusste es nun, und Lisa bestätigte es mir, ich bin eine Lesbe und nur der geschlechtliche Verkehr mit einer Frau bringt mir die sexuelle Befriedigung und Erlösung. Zwei Jahre lang waren Lisa und ich ein Paar und trieben es beide jedes Wochenende. Lisa war erfahren und brachte mir viele Liebespraktika bei und wir vergnügten uns herrlich. Manchmal trafen wir uns auch in der Wochenmitte zum Lieben.

An solch einem Tag war es dann, dass Lisa sagte: «Ich möchte es mir

einmal wieder im Reiten selbst machen, also in Reiterstellung gehen.»
Ich sagte zu Lisa: «Hast du einen Mann herbestellt, den du reiten willst?
Ohne Mann mit einem steifen Glied geht es doch nicht, ich habe doch
keinen Pimmel.» «Warte ab», sagte sie, «mit deiner Hilfe reite ich mich
zum Orgasmus.» Ich war gespannt wie ein Flitzbogen. Lisa ging an ihre
Anrichte und holte einen Karton hervor, öffnete ihn und entnahm im
einen 30 Zentimeter langen Dildo. Eine Art Plasteteller, so groß wie ein
Frühstücksteller, und einen kleineren Kunstpenis, etwas 12 Zentimeter
lang. Die Dicke der beiden betrug etwa 30 Millimeter. Sie schraubte
das große Ding in den Teller und das kleine Ding in vielleicht sechs
Zentimeter Höhe in den großen Penis rechtwinklig ein. Meine Augen
wurden immer größer und ich wagte mich nicht, das kleine und große
Kunstglied anzufassen und zu streicheln. Wie lange war es her, dass ich
bei einem Mann mal an sein Glied angefasst habe. Aber dieses Gebilde,
ich meine der lange Dildo, war ja noch länger als der Penis von deinem
Andreas ist. «Nun», sagte Lisa, «gehen wir ans Werk. Du musst den
Mann spielen, dass heißt, du liegst mit ausgestreckten Beinen auf dem
Rücken im Bett und ich reite mir meinen Orgasmus. Den kleinen Dildo
reibe ich mit Gleitcreme ein und nun, Anita, heb deinen Hintern etwas
hoch, damit ich den Teller runterschieben kann und gleichzeitig schiebe
ich den kleinen Dildo in deine Ritze. Nun, ist er richtig drin in deiner
Scheide? Ja, sagst du, nun kneif deine Oberschenkel fest zusammen
und du hast mit einmal ein wunderbares Glied vor dir stehen. Siehst du
ihn?» Anita sagte «ja» und durfte den Giganten anfassen. «Lass deine
Hand an ihm und halte ihn fest, dass er nicht umknickt, ich komme
ihm mit meiner Muschi entgegen und stecke ihn durch meine Schamlippen in meine Vagina. So, nun habe ich ihn drinnen und ich beginne
zu reiten. Merkst du es?», fragte Lisa.

«Ja», sagte ich, «ich merke es, wie du hoch und runter gehst, der Penis
sich in meiner Scheide bemerkbar macht. Es fühlt sich so an, als wäre
ein richtiger Schwanz drin. Oh», sagte ich zu Lisa, «wenn du schöne
Gefühle hast, ich habe sie auch. Ich denke, ich bin jetzt ein Mann,

den eine Frau reitet, sexuell fertig macht. Ist dieser Gedanke pervers?»
«Aber nicht doch», antwortet Lisa, «das hier ist ein schönes Liebespiel
zwischen zwei Frauen und lege bitte deine Hände an meinen Hintern
und begleite meinen Rhythmus des Auf und Ab über dich und einen
Luststab in meiner Scheide. Oh, das ist herrlich, wenn man sich selbst
ficken kann, schnell und langsam und seinen G-Punkt berühren kann.
Ah, ah!», schrie Lisa, «Anita, ich komme, mein Orgasmus ist da, ich
laufe aus», und sie lag mit dem Kunstpenis in ihrer Vagina auf mir
drauf und stöhnte vor Lust und Gier. Später lernte ich auch das Reiten
auf Lisa mit dem Kunstgebilde. Ich sage dir, liebe Monika, das ist ein
schönes Erlebnis, ein Höhepunkt, wenn man sich selbst ficken, die
Zeit der Länge bestimmen und nicht auf die Rammelei eines Mannes
angewiesen ist. Dann wurde Lisa in ein anderes Krankenhaus in einer
fernen Stadt versetzt und wir mussten uns leider trennen. Wie sie mir
damals schrieb, hat sie sich eine neue Lesbe eingefangen und treibt es
mit ihr. Für mich war im Anfang die Trennung schwer und schmerzlich. Ich hatte aber alles gelernt, was eine Frau einer andren Frau für
Freude und sexuelle Erfüllung machen kann und ich kann mich auch
selbst befriedigen. Manchmal fange ich mir eine Partnerin auf einem
Lesben Tanzboden ein, mache mit ihr dann Frauenliebe, was dann
wieder sehr schön ist. Nun habe ich dich gefunden und ich denke, du
bist auch als Lesbierin geboren und wirst eine richtige Lesbe. Eine halbe
Lesbe bist du ja schon bei mir.

Ich denke und hoffe, wir beide werden ein Paar und machen es uns
gegenseitig. Du wirst dich von deinem Mann Andreas mit seinem Gi-
gantismus-Schwanz trennen und bist für mich frei. Das wird sich schon
so entwickeln», sagte Monika. «Aber vorher bist du mir noch das Erlebnis mit dem Vorbindepenis, ach nein, ich soll es ja in enganliegenden
Höschen mit eingebauten Gliedern machen, schuldig. Ich war bei deiner Schilderung deiner Erlebnisse mit Lisa unten bei mir schon wieder
feucht geworden, es ist aber schon abgeklungen und ich bin wieder
trocken.» «Was ist dabei», sagte Anita, «wir machen uns scharf und ich

habe Tropfen für unsere Scheide. Ein paar Tropfen und du wirst zittern vor Wollust. Zeig her, deine Votze und ich träufele. Geschafft, nun, hole ich das Fickhöschen und ziehe es dir an. Es passt. Nun schiebe den eingebauten Klitorisreizer zwischen deine Schamlippen an deinen Kitzler heran, hast du ihn getroffen? Ja», sagte Monika. «Nun fass den Penis einmal richtig an, damit du ein Gefühl zu ihm hast und dann machst du meine Eierpflaume von hinten mit deiner Hand noch richtig geil. So wie ich es bei dir gemacht habe.» «So ist es schön», sagte Anita. «Und nun, Monika, fass deinen steifen Schwanz an und führe ihn in meine geöffneten Schamlippen. Ja, so ist es richtig. Nun drück ihn rein, bis ans Ende und zieh ihn zurück, nicht ganz, sonst rutscht er bei mir raus. Nun vorsichtig rein und raus, immer wieder, nun etwas schneller, du hast den Bogen schon raus du kannst tatsächlich schon eine Frau bedienen.» Und die 26 Jahre alte Monika wurde bei diesem Akt zum Hengst und verlor ihre Sinne. Und Anita hatte seit langem nicht solch eine schöne Penetrierung von hinten erlebt und war froh, Monika zur Befriedigung ihres sexuellen Lebens gefunden zu haben. Das Lieben der beiden geht weiter, aber unsere Erzählung ist zu Ende. Achtet auch die Lesben, sie können nichts dafür, dass sie so sind. Das machen die Gene im Menschen.

Ende

Weiterbildung

Neumünster in Schleswig-Holstein. Der Direktor eines Maschinen-baubetriebes hat seinen Hauptbuchhalter Robert und die Buchhalterin Annabella zu einer Besprechung ins Direktorenzimmer zu sich gebeten und eröffnete beiden, dass sie kommende Woche von Montag bis Freitag an einem Weiterbildungslehrgang in Hamburg teilnehmen müssen.

Aus Kostengründen hat die Hinfahrt am Sonntag und die Rückfahrt am Sonnabend mit der Eisenbahn zu erfolgen. Sparfaktor: Es fallen keine Parkgebühren in einem Parkhaus an. Beide wohnen in getrennten Zimmern in einem nahegelegenen Hotel. Die Zimmer wurden bereits durch die Chefsekretärin gebucht. Der Direktor entschuldigt sich noch für diese Anweisung und meint: «Wissen ist Macht», und wünscht seinen beiden Angestellten einen angenehmen Aufenthalt in Hamburg, und wenn sie wollen, können sie auch der «Großen Freiheit» einen Besuch abstatten, natürlich auf eigene Kosten und nicht als Unkosten in einer Spesenabrechnung an die Firma. Er sagte noch: «Alles klar Schiff und viel Erfolg zu Gunsten unseres Werkes.» Sie könnten bitte gehen, war das Schlusswort des Direktors.

Draußen auf dem Flur guckten sich beide groß an und Annabella, die Buchhalterin sagte zu Robert dem Hauptbuchhalter: «Dann wollen, müssen wir uns nächste Woche ins Getümmel stürzen.» Robert sagte zu Annabella: «Nimm ein gutes Kleid und ein oder zwei Dessous mit, sicher werden wir eines Abends dem Ratschlag unseres Direktors nachkommen und groß ausgehen.» Das «Du», der beiden ist rein platonisch. Beide arbeiten bereits seit zehn Jahren im Werk in der Buchhaltung und da hat es sich ergeben, dass einmal auf der Betriebsfeier in einer Weinlaune es zu einem «Du» mit einem Bruderschaftskuss gekommen ist.

Annabella fragt Robert: «Was wird deine Frau zu unserer gemeinsamen Dienstreise sagen, hat sie einen Hintergedanken, das wir beide gemeinsam Dummheiten machen?» «Ach», sagt Robert, «Karin ist nun auch schon 50 Jahre alt geworden und da spielt sich mit uns im Bett kaum noch etwas ab. Ich habe ja öfter noch die Lust, sie am Abend zu besteigen und meinem Ding noch etwas Lust zu gewähren, aber Karin sagt: «Robert, lass das, es war früher ein schönes Gefühl, wenn du es mit mir gemacht hast, aber nach vielen Jahren ist unser Beischlaf zur Gewohnheit geworden. Es ist doch immer das Gleiche. Du steckst ihn rein, schiebst ihn hin und her und dann ist es dir gekommen und ziehst ihn raus. Ich liege dann wie eine lahme Ente neben dir. Vom Vorspiel bist du abgekommen», sagte Karin, «und neue Nummern zu lernen ist dir zu beschwerlich.

Um ein kleines Glück zu bekommen, nehme ich meinen Zeigefinger und in drei Minuten habe ich meine kleine Befriedigung und schlafe ein. Manchmal träume ich noch von einem Mann mit einem übergroßen Glied, dass er bei mir einführen will, aber wie du weißt, bin ich unten zu eng gebaut und er kriegt ihn bei mir nicht rein. Ich bin dann unten unnötig nass geworden.» Robert sagt weiter: «Ich glaube, Karin denkt, dass zum «Fremdgehen» ich keinen Mumm habe und mit dir, Annabella, schon gar nicht, da du ja zu den Männern wie eine Mimose bist.»

Robert sagt zu Annabella: «Komm, lass uns die zwei Tage bis Freitag mit Arbeit hinter uns bringen und dann treffen wir uns am Sonntagnachmittag auf dem Bahnhof zur Fahrt nach Hamburg.»

Am Sonntagabend sind sie wohlbehalten in Hamburg angekommen und beide fahren mit einem Taxi in ihr Hotel. Der Aufbaulehrgang verlief nach dem vorliegenden Lehrplan und schon war es Donnerstagmittag. Die Zeit um abends auszugehen, hatten sie sich noch nicht genommen, sie waren von den Vorträgen immer fix und fertig und müde. Am Vormittag waren die Vorlesungen einfacher gehalten und der Nachmittag dürfte sich zu Larifari anschließen. Während des Mittagessens sagte Robert zu Annabella: «Weißt du noch, was unser Direktor zu uns gesagt hat, wir sollen die Gelegenheit nutzen und die Große Freiheit aufsuchen. Ich schlage vor, dass wir seinen Rat befolgen und unser Hiersein dafür nutzen. Nebenbei gesagt», meinte Robert, «ich habe tatsächlich eine Lust darauf, eine Frau abzuschleppen und mit ihr zu schlafen. Ich weiß gar nicht, ob mein Ding noch erigiert und eine Frau bedienen kann, vielleicht lerne ich noch eine andere Stellung kennen. Und du, Annabella? Ich weiß ja, dass du dir nichts aus Männern machst und auf Frauen stehst. Es ist deine Sache, jeder lebt nach seiner Fassung und mir ist es egal, ob du es mit einer Frau oder einen Mann treibst. Hauptsache ist doch, dass du ab und zu eine sexuelle Erfüllung hast. Ich denke, du kommst mit mir und ich passe auf, dass dir keiner an die Wäsche geht. Vielleicht findest du heute eine, die eine wie dich sucht.

Ich sage dir, mach es nicht auf der Strasse, sondern in einem Hotelzimmer mit ihr. Wenn es klappt, gehe ich auch auf ein Zimmer. Wenn wir beide uns nicht aus den Augen verlieren, fahren wir gemeinsam zu unserem Hotel und da wissen wir, dass wir sicher unser Abenteuer verleben können.»

Robert fragt: «Was sagst du zu meinem Vorschlag?», und Annabella antwortet: «Robert, dein Vorschlag ist nicht schlecht und unter deinem Schutz habe ich schon richtige Lust, mich wieder einmal sexuell zu erfüllen. Mit dem eigenen Finger ist es nicht so schön wie mit der Hand einer anderen Frau.» Robert sagt: «Heute Abend fahren wir um 19.30 Uhr mit einem Taxi in die Große Freiheit und versuchen, ein Abenteuer zu erleben. Um 20 Uhr waren sie in der Schmuckgasse, einer Nebenstrasse der Großen Freiheit in St. Pauli eingetroffen und der Taxifahrer empfahl beiden ein entsprechendes Lokal. Sicher dachte der Fahrer, die zwei sind ein Paar und kommen aus der Provinz und wollen hier einmal die Sau loslassen. Die beiden Lusthungrigen betraten die empfohlene Diskothek und fanden abseits einen Tisch mit vier Stühlen. Zwei Stühle nahmen sie in Beschlag, zwei Plätze blieben frei. Sie bestellten einfache Getränke, denn Wein oder Sekt waren für ihre Brieftasche zu teuer und sie wollten sich ja nicht betrinken, sondern etwas erleben, wozu man lieber nüchtern ist.

Es dauerte nicht lange und am Nebentisch nahmen zwei Damen Platz. Die Ältere war um die 40 Jahre alt, hatte bis auf die Schultern herab fallendes schwarzes Haar, sie trug eine fast durchsichtige Bluse, worin sich der BH und ihre festen Brüste abzeichneten. Unten trug sie einen Rock und Seidenstrümpfe. Die Schuhe konnte Robert nicht sehen. Er sagte zu Annabella: «Die schwarzhaarige könnte mir schon gefallen. Hat sie nicht eine gute Figur? Nicht zu mager und man spürt nicht ihre Rippen. Auf diese Frau habe ich schon eine richtige Lust. Sie ist ein anderer Typ als meine Karin und jünger. Ich habe schon jetzt große Lust, im Bett auf ihr zu liegen.»

Und Robert sprach weiter: «Schau dir die langhaarige Blondine an, sie ist sicher nicht älter als 20 Jahre. Und guck dir ihre abstehenden Brüste an, da hätte ich schon Lust, ihre Warzen zu küssen. Aber zwei Frauen auf einmal kann ich nicht bedienen und mir reicht heute Abend die Schwarzhaarige. Vielleicht gehört die Blonde deinem Geschlechtsleben an und ist für dich gerade die Richtige, die dir einen Orgasmus machen kann.» Die Musik spielte auf und Robert sagte: «Ich gehe zu der Schwarzhaarigen und fordere sie zum Tanz auf.» Wie aus alter Schule machte er einen Knicks und fragte höflich, ob es erlaubt sei, sie zum Tanz zu bitten. Sie steht auf und sagt mit ruhiger Stimme: «Gern will ich mit ihnen tanzen.» Beide gehen zur Tanzfläche und tanzten sich in den siebenten Himmel davon und ließen Annabella allein am Tisch sitzen. Aber nicht lange träumt sie. Plötzlich schreckt sie auf, als die Blondine vor ihr steht und mit knabenhafter Stimme Annabella zum Tanz auffordert. Annabella stand auf und sagte: «Bitte ich bin erfreut über ihre Einladung zum Tanz und ich würde gern mit ihnen tanzen.» Beide gingen zur Tanzfläche und Annabella spürte bei den ersten Schritten, wie sich die Blondine auf besondere Art an sie schmiegte und das blonde Mädchen den Tanz-Rhythmus einer Lesbe tanzt. Schon erwidert Annabella den gleichen Schritt und beide wissen oder ahnen, dass sie Lesben sind und streicheln der anderen den Po. Bei Annabella beginnen die Schmetterlinge zu flattern und sie hofft, dass sie noch einen schönen, erotischen Abend erleben wird.

Die beiden Damen haben sich an den Tisch von Robert und Annabella gesetzt und sind eng zusammen gerückt. Robert streichelt den Oberschenkel von Katrin, wie die Schwarzhaarige heißt, und Katrin küsste Robert auf den Mund. Beim folgenden Zungenkuss wird Robert schwach und bekommt eine kleine Erektion in seiner Hose. Er denkt, langsam an die Sache herangehen, sonst explodiert mein Lümmel zu früh.

Auch die beiden Damen, Annabella und Lisa, das blonde Gift, machen unter dem Tisch, für die anderen Gäste unsichtbar, leichtes Petting, indem sie sich streicheln. Hin und wieder fassen sie sich auch gegenseitig an ihre prallen Brüste und liebkosen sie.

Beide, Robert und Annabella, haben morgen, am Freitag, ihren letzten Kursustag und wollen nicht zu spät schlafen gehen. Natürlich hoffen sie, dass noch vor dem Schlafen ein Liebesspiel ansteht. Robert drängt zum Aufbruch der Anwesenheit in der Diskothek. Er schlägt ihr Hotel zur Fortsetzung ihres Zusammenseins vor.

Ein Taxi steht vor der Tür, bald sind sie im Hotel von Robert und Annabella und streben als Pärchen in ihre jeweiligen Zimmer, die nebeneinander liegen.

Robert denkt, bald habe ich junges Blut vor meiner Flinte, und Annabella hofft, dass Lisa es ihr schön macht, und will sich mit Wollust hingeben und eine Erfüllung ihres Sexlebens genießen. Spielen wir Mäuschen bei Annabella und Lisa, wie es weitergeht zwischen den beiden. Annabella muss schon heftig scharf sein auf Lisa und knöpft die Bluse bei Lisa auf und zieht sie aus. Dann wird schnell der BH hinten geöffnet und von den straffen Brüsten entfernt, so dass diese wegen ihrer Fülle etwas nach unten sinken.

Für das Alter von 20 Jahren hat Lisa schöne geile Brüste, die Annabellas Zunge anlocken. Sie leckt so schnell wie möglich an beiden Warzen und dann ging es an das Saugen und zum Nuckeln und schon stellten sich die Warzen steil auf und die Höfe der Warzen schwollen an. Nun geht Annabella an die halterlosen Strümpfe von Lisa und streift erst den einen und dann den anderen Strumpf herunter. Ihre Hand greift an die Oberschenkel von Lisa und diese spreizt sie etwas, bis die Hand von Annabella an die Dessous von Lisa kommt. Die Schenkel von Lisa schließen sich und die Hand von Annabella kommt nicht weiter voran. «Halt», sagt Lisa, «ich möchte von unserem Liebesspiel auch etwas von dir haben», und sie fängt an, Annabella zu entblättern.

Zuerst zieht sie Annabella ihr Kleid aus, schnell ist der BH entfernt, und Lisa stürzt sich mit ihrem Mund auf den Busen von Annabella und knabbert vorsichtig an den Warzen. Annabella fängt vor Erregung an zu wimmern und windet ihren Unterleib. «Warte», sagt Lisa und zieht Annabella die Strumpfhose aus, sodass sie nur noch mit einem Höschen bekleidet vor Lisa steht. Rasch wird auch das Dessous herunter gezogen und Annabella steht mit ihrer Pracht der Scham vor Lisa. Diese nimmt Annabella in die Arme und trägt sie in das aufgedeckte Bett, wo Annabella lüstig ihre Schenkel spreizt und Lisa mit ihren Lippen heran will. Es geht noch nicht und Lisa drückt Annabellas Knie nach oben, sodass das Geschlecht frei liegt. Lisa suchte mit ihrer Zunge das Reizorgan, die kleine Erbse, die Klitoris. Annabella brauchte sich nicht zu beklagen. Lisa machte es so rasant, das die Lustperle zu einem winzigen Penis anschwoll. Annabella fing an zu wimmern, zu stöhnen, ihr Unterleib hob und senkte sich. Lisa ließ davon ab, mit ihrer Zunge zu reizen und führte ihren Mund noch einmal an die Warzen von Annabella und saugte sich fest. Lisa fasste dann mit ihrer Hand an das Geschlecht der Annabella und spürte die Feuchtigkeit. Sie sagte: «Nun machen wir ein bisschen Pause mit dem Liebesspiel und du senkst deine Erregung und dann mach ich es dir von vorn. Hierzu habe ich einen Dildo dabei.» Sie öffnete ihre Handtasche und entnahm einen Kunstpenis. Lisa sagte: «Nun öffne deinen Eingang und ich mache es dir.» Langsam schob sie den Dildo in die Vagina ein und bewegte ihn vor- und rückwärts, sodass Annabella vor Lust stöhnte. Lisa sagte: «Ich stecke den Dildo tief rein und du bleibst ruhig liegen. Ich gehe ins Bad und binde mir einen Vorbindepenis um und mache es dir dann von hinten.» Lisa verschwand im Bad, riss ihren Rock und den Slip von ihrem Körper und ging zurück zu Annabella, zog den Dildo aus der Scheide heraus und sagte: «Knie dich hin in das Bett, spreize deine Beine und ich komme.» Lisa hielt ihr Ding von hinten an die Scheidenöffnung, die Spalte öffnete sich und sie schob ihren Penis in die Liebesgrotte und bewegte ihn vor und zurück, immer schneller, und Annabella überkam ein Glücksgefühl, sie schrie vor Wollust und Geilheit auf und wusste nicht, wie ihr geschah, wie schleimig ihre Scheide geworden war, wie ihr Saft heraus floss, als ob sie Samen ausstoßen würde. Aber lange hielt ihr Geschlecht diese Penetration nicht aus. Der Orgasmus wurde erwartet. Lisa lenkte ihren Penis nun auf den G-Punkt von Annabella. Diese bäumte sich auf und sie drückte ihren Po gegen den Unterleib von Lisa und nun kam der Orgasmus. Die Muskeln der Vagina von Annabella schlossen und öffneten sich und massierten hierdurch den Penis von Lisa und führten den Samenausstoß, der in den Unterleib von Annabella spritzt, herbei. Annabella bricht zusammen und Lisa liegt neben ihr.

Es dauert nicht lange und das Glied von Lisa verliert seine Starre und fällt in sich als kleiner Wurm zusammen. Annabella hat sich erholt und legt sich von der Bauchlage auf ihren Rücken. Als Dank für die schöne Befriedigung durch Lisa greift Annabellas Hand zur Scham von Lisa und ist über den starken Haarwuchs bei Lisa erstaunt. Ihre Hand rutscht nach unten und sucht die Klitoris von Lisa, die sie streicheln will. Annabella kommt nicht an Lisas Schamlippen heran, sondern ihre Hand findet einen wieder erstarkten Penis, aber nicht die ersehnte Spalte. Annabella schaut nach oben und sieht die prallen Brüste von Lisa und erschreckt. Vom Kopf bis an den Bauchnabel liegt eine Frau neben ihr und vom Bauchnabel abwärts liegt ein Mann. Annabella fragt Lisa: «Bist du es, die neben mir liegt?» «Ja», sagt sie, «ich bin es.» Annabella sagt: «Ich habe doch deine Brüste geküsst, die hat doch nur eine Frau. Und unten im Bett finde ich ein erigiertes Glied. Liegt auch ein Mann in unserem Bett?», fragt Annabella. «Nein», sagt Lisa, «ein zweiter Mann liegt nicht im Bett. Ich bin oben eine Frau mit Brüsten und unten ein Mann mit einem Penis und Hodensack. Mit diesem Glied kann ich bei einer Frau auch einen Geschlechtsverkehr ausüben. War es schön, wie ich es dir gemacht habe?» «Ja», sagt Annabella, «es war wunderbar und ich war durch deinen Luststab so wollüstig wie noch nie und könntest mich ein zweites Mal lieben. Eine Frage habe ich vorher, was bist du?» Lisa antwortet: «Ich bin eine Transsexuelle, kurz Transe genannt. Ich erkläre es dir später und jetzt nehme ich dich von vorn, in der Missionarstellung, vorhin war es die Hündchennummer. Du wirst es merken, dass es von vorn auch reizvoll ist. Ich sage dir, Annabella, ich bin noch jung und leistungsfähig in Liebesdingen. Ich kann dreimal hintereinander Geschlechtsverkehr ausüben und dann brauche ich zwei Stunden Pause, das es noch einmal geht. Aber nach achtzehn Stunden bin ich wieder zu neuem Liebesabenteuer fähig. Aber so oft wollen wir es doch nicht machen.»

Annabella sagt: «Einmal sehen und abwarten, vielleicht kann ich es doch dreimal hintereinander. Jetzt habe ich aber wieder Lust, an deinen Warzen der Brüste zu lecken und zu saugen und mich scharf zu machen.» «Was», fragt Lisa, «nur an Frauenbrüsten wirst du erregt?» «Aber nicht doch», antwortet Annabella, «es ist sehr reizvoll, wenn ich mit meiner Hand an das Geschlecht einer Frau fasse und mit meiner Zunge die Klitoris bediene. Bei dir geht das aber nicht, weil du unten männlich bist.» Lisa sagt: «Du kannst aber mein Glied anfassen und daran manipulieren. Ich habe dann ein schönes Gefühl und du vielleicht auch.» Annabella sagt: «Darf ich, soll ich es tun, explodiert deiner nicht gleich und bekommst du keinen Erguss.» Nun mach schon», sagte Lisa, «ich lechze nach deiner Hand.» Und Annabella tat das, was Lisa sich wünschte. Annabella hatte keinen Gedanken an ihren Schwur, nie wieder einen Penis anzufassen und in ihrem Körper aufzunehmen. Sie hatte nur den Gedanken, es ist schön, es reizt mich an, ich werde scharf dabei. Sie spürte wie ihre Scheide feucht wurde, ihre Klitoris sich vergrößerte und sie ein starkes Verlangen nach der Einführung des Gliedes in ihre Vagina bekommen hat. Lisa sagte: «Annabella, nun

Schluss mit dem Streicheln, du bist aufnahmebereit für mein Glied und öffne dein Paradies, ich nehme dich jetzt und besuche deine Lustgrotte.» Lisa machte es so schön, dass Annabella ein wunderbares Lustgefühl durchströmte, dass ihr Körper widerstandslos wurde und sich voll und ganz dem Geschehen hingab. Lisas pralle Brüste umspielten Annabellas Mund und ihre Lippen saugten sich abwechselnd an den Warzen fest. Annabella und Lisa hatten ein zusätzliches Liebesgefühl. Dann die Frage von Annabella: «Lisa, hältst du noch eine Weile durch, solange bis es mir kommt, dass der Orgasmus mich erlöst?» «Ich will es versuchen», sagte Lisa und ihr Vorschieben und Zurückziehen wurde immer schneller und rasanter. Lisa versuchte, den G-Punkt zu finden, ihn zu penetrieren, zur Explosion zu bringen und plötzlich schreit Annabella auf «Ich komme, ich bin fertig gemacht und erlöst, ich kann nicht mehr, es war sehr schön, Lisa, wie du mich genommen hast», und ihr Liebessaft lief aus ihrer Scheide, mit dem Sperma von Lisa vereint, heraus auf das Laken. Beide blieben noch, nebeneinander im Bett liegen und Annabella ließ ihren Orgasmus und Lisa ihren Samenerguss ausklingen. Anschließend gingen beide gemeinsam unter die Dusche und brausten sich mit heißem Wasser ab, zum Schluss kam ein kaltes Nachspülen, beide waren frisch und munter. Sie legten sich noch einmal ins Bett und bedeckten ihren Körper mit der Bettdecke. Annabella war noch ganz berauscht von ihren zweimaligen Orgasmen hintereinander, aber auch neugierig, zu erfahren, dass es Menschen gibt, die in einem Körper zur Hälfte Mann und zur anderen Hälfte Frau sind. Und Annabella fragte Lisa aus und wollte bis aufs kleinste alles wissen. «Ja», sagte Lisa, «ich bin als Knabe mit einem Pimmel geboren und nichts deutete auf meine Andersartigkeit hin. Als ich 12 Jahre alt war, begann meine Brust, nein, die zwei Brüste, zu wachsen. Sie wurden größer und schwollen an. Meine Mutter sagte: «Junge!» Ich war beim Standesamt mit dem Vornamen Leonard eingetragen, gerufen wurde ich Leo. «Junge, du musst beim Essen Maß halten, du darfst nicht soviel Schokolade, Süßigkeiten, Eier und Kochwurst essen, du hast schon jetzt richtig kleine Frauentitten und wenn du so weitermachst, bekommst du einen fetten Bauch mit einem Rettungsring daran gewachsen und einen dicken Hintern. Guck dir deinen Vater an, seine Brüste treten auch etwas hervor und eine Wulst an seinem Bauch hat er schon.» Ich ließ zu Hause niemanden mehr meinen Busen sehen, denn er schwoll immer mehr an. Wenn ich an meinen Warzen mit meinen Fingern spielte, wurden sie hart und vergrößerten sich. Ich wunderte mich darüber. Auch mein Pimmel wuchs und wurde größer. Manchmal hatte ich schon einen kleinen Ständer. Im gleichen Augenblick schwollen auch meine Brüste an. Es war ein schönes Gefühl. Meine blonden Haare auf dem Kopf wurden immer länger. Es war die Zeit, dass auch die anderen Knaben lange Haare auf dem Kopf trugen und so fielen meine

Haare nicht auf. Ich knotete meinen Haarschopf mit einem Gummiring zusammen. Als ich nun 17 Jahre alt war, zog ich von zu Hause aus und in eine andere Stadt, denn es war mir zu peinlich, meine Frauenbrüste sehen zu lassen. Ein junger Mann mit Brüsten? Ich konnte sie ja nicht im Hemd oder einen Pulli verstecken. Immer waren die Beulen zu sehen. Ich dachte, du musst dich als Mädchen verkleiden, Kleidung wie ein Mädchen oder eine Frau tragen. Ich begann, mir Blusen und BH–s, Slips und Strumpfhosen, Pullis und Röcke, auch Kleider und Frauenhosen zu kaufen. Es war mir als Jüngling oft in Kaufhäusern mit weiblicher Bedienung peinlich, Damenkleidung einzukaufen, zumal Anproben erforderlich waren. Endlich hatte ich alles Notwendige und dann begann das Einkleiden und das Ausgehen in den Strassen. Langsam habe ich auch dieses erlernt. Du hast es heute Abend ja in der Disko erlebt, dass ich echt als Frau aufgetreten bin und als Lesbe mich bei dir zu erkennen gab. Und du hast mich als Lesbe erkannt. Ich bin aber eine Transe, auf beide Geschlechter, ob bei einem Mann oder einer Frau eingeschworen. Aufpassen muss ich, wenn ich als Frau mit einem Mädchen oder einer Frau körperlichen Kontakt bekomme. Das Versteifen einer Brust ist ja weiblich, aber wenn sich mein Glied aufrichtet, muss ich vorsichtig sein und meinen Unterleib von der Partnerin abwenden.

Für gewöhnlich trage ich eng anliegende Slips, sodass mein Ding etwas eingeklemmt und wenig Platz zum Steifwerden vorhanden ist. Nun, Annabella, weißt du alles. Nein noch nicht alles. Ich muss noch über das Geschlechtsleben der transsexuellen Menschen sprechen. Die meisten sind bisexuell, stehen auf Männer wie auch auf Frauen. Bei Frauen kann ich meinen erigierten Penis in eine Scheide einbringen. Bin ich mit einem Mann zusammen und er begehrt mich als Frau, muss er es mir anal machen, wozu Gleitmittel benötigt werden. Es gibt noch eine dritte Möglichkeit und ich kann mein Glied in den After eines Mannes oder Frau einbringen und penetrieren. Alle drei Stellungen sind lustvoll.» Er sprach weiter: «Annabella, du weißt gar nicht, wie viel Frauen es anal gemacht haben wollen? Ich will nicht ficken sagen, denn dieses Wort ist eine harte Sprache. In Wörterbüchern ist dieses Wort erwähnt und erläutert. Liebe Annabella, wenn du es möchtest und kennen lernen willst, mache ich dir, ein Könner dieses Liebesaktes, noch diese Nacht einen wunderbaren Analfick und du hast deine Lust daran. Nun noch eine Erklärung zu unserem angenommenen weiblichen Vornamen. Da sich auf unserer Brust zwei kräftige Wölbungen befinden, man nennt sie Brüste oder ländlich einfach Titten, sieht jeder, dass wir weiblicher Natur sind. Es wäre absurd, wenn eine Frau mit sichtbaren Brüsten einen Männervornamen tragen würde. So sucht sich eine Transe nach ihren oder seinen Vorstellungen einen weiblichen Vornamen aus und bringt mit diesem Vornamen sich zur Erkennung. Es gibt nicht viele Transsexuelle, diese Gattung ist rar, und du, Annabella, hattest Glück, an einen Mann zu kommen, der auch weibliche Organe hat. Deinem Glück habe ich nachgeholfen, indem du mir gefallen hast und ich Lust auf deinen schönen Körper und einen Geschlechtsverkehr hatte. Noch ein letztes Wort zu uns, den Transen. Fälschlicherweise wird von unserer Gattung auch als Mannweib oder Mannweiber gesprochen. Das ist nicht richtig. In einem Wörterbuch ist nachzulesen: Mannweib, Mannweiber: Frau mit männlich wirkenden Zügen oder männlichen Auftreten, sprich: sie ist ein richtiges Mannweib. Ende des Zitats.»

Nun erhebt Annabella ihre Stimme und fragt Lisa: «Sag einmal, was ist die Freundin von Robert, die Katrin? Ist sie eine echte, richtige Frau mit einer Scheide usw. oder auch eine Transe?» Lisa antwortet. «Sie ist so, wie ich, oben eine Frau und unten ein Mann.» «Oh weh», sagt Annabella, «wie kommen die beiden zurecht beim Liebesspiel mit ihren Penissen?» Lisa sagt: «Das soll nicht deine Sorge sein, Katrin weiß schon, wie Robert befriedigt wird, und Katrin bekommt auch die Erfüllung ihrer Wünsche.» Lisa sagt nun zu Annabella: «Mach dich bitte scharf, küsse meine Warzen an den Brüsten und küsse meinen übergroßen Kitzler und wenn deine Scheide feucht ist, sag es mir und ich mache dir einen Analfick, dass du die Geigen erklingen hörst. Willst du, dass ich es dir mache?» Annabella hauchte ängstlich ein Ja und sagte: «Wenn du ihn rein gesteckt hast, musst du meine Brüste streicheln.» Die Leser haben genug erfahren, wie es war, mit der Transe und mit der Lesbe, das alles so oder so möglich ist, und das Mäuschen, das alles mit erlebt hat, sagte noch, viel Spaß und Vergnügen ihr beiden. Gute Nacht und vergnügt euch zärtlich, und verließ das Hotelzimmer und ging in ihr Mauseloch schlafen.

Am nächsten Morgen begegneten sich Annabella und Robert im Speisesaal. Beide sahen übernächtigt aus und hatten dunkle Ringe um die Augen, es sah so aus, als hätten sie überhaupt nicht geschlafen. Robert fragte Annabella: «»Wie war es gestern Nacht?» Und sie antwortete: «Ich hoffe, dass ich diesen Tag lebend überstehe und beim Vortrag nicht einschlafe.» Robert sagt: «Mir geht es eben so. Wir sehen uns heute Abend in deinem Hotelzimmer. Ich komme gegen 18.30 Uhr und wir können uns alles erzählen.» Es war Abend und die angesagte Besuchszeit war gekommen und Robert klopfte an die Zimmertür und Annabella öffnete, sagte: «Robert, komm herein.» Annabella hatte schon eine große Thermoskanne mit schwarzem, starken Kaffee kommen lassen und schenkte in den bereitstehenden Tassen duftenden Kaffee ein. «Der Kaffee wird uns gut tun», sagte Robert, «ich bin nach dieser Nacht wie erschöpft und hoffe, dass der Muntermacher uns ein wenig aufmöbelt.»

«Nun», fragte Annabella, «hat es gestern Nacht geklappt mit der schwarzhaarigen Katrin? Sie sah ja rassig aus und es war abzusehen, dass es für dich eine große Lust war, dieses Rasseweib zu vögeln.»

«Ach, Annabella, wenn du wüsstest,» sagte Robert. «Meiner Frau darf ich das Intermezzo mit der Katrin gar nicht erzählen. Als wir gestern Abend mein Zimmer betreten hatten, setzte ich mich auf die Kante meines Bettes und Katrin setzte sich, eng angelehnt, an meine Seite. Sie wandte ihr Angesicht mir zu und kam mit ihrem Mund zu meinen Lippen und drückte ihre Kusslippen fest auf meinen Mund und bohrte ihre Zunge hinein und leckte praktisch meinen Mund leer. Mich hatte bisher keine Frau so intensiv auf den Mund geküsst und ich dachte, das geht ja gut los. Sie drückte dann ihre beiden straffen Brüste an meine Brust und sagte: «Willst du meine Kugeln einmal sehen?» Ich sagte: «Wenn du sie entblößt, bin ich glücklich.» Ruckzuck knöpfte sie ihre Bluse auf und zog sie aus. Dann sagte sie: «Mach bitte den BH auf und nimm ihn ab.» Annabella, wenn habe ich das letzte Mal einen BH aufgemacht? Ich fummelte an dem Ding herum und habe ihn aufgekriegt, nahm ihn ab und legte ihn hinter uns im Bett ab. Da saß die Katrin mit ihren wunderbaren prallen Äpfeln vor mir und sagte: «Nun küsse meine Knospen, lecke an ihnen, sauge.» Katrin brauchte mir das nur einmal zu sagen und schon hatte ich harte Knöpfe im Mund. Wann habe ich das letzte Mal an meiner Frau ihren Titten gelutscht? Da bei Katrin jetzt auch die Warzenhöfe angeschwollen waren, sagte sie: «Jetzt höre auf, ich merke schon, wie es dir kribbelt in deinem Bauch, wie du schon einen kleinen Ständer hast. Ach», sagte sie, «entkleide dich schnell, ich möchte nach langer Zeit wieder einmal einen nackten Mann sehen, sein Ding anfassen, küssen», und schon war sie dabei, mein Hemd aufzuknöpfen, Ober und Unterhemd auszuziehen, meinen Hosengürtel zu öffnen, die Hose und meinen Slip herunter zu ziehen. Zuletzt waren meine Socken dran und ich stand splitternackt vor der fremden Frau. Etwas peinlich war es mir schon, denn bisher hat mich nur meine Frau nackt gesehen. Das Rasseweib Katrin war ja auch schon bis zum Bauchnabel halb nackt und sagte, sie wolle mich nur nackt anschauen. Das glaubte ich ihr nicht. Sie wollte bestimmt mehr. Mein Glied war bisher schlapp geblieben, denn meine schnelle Nacktheit hat ihn irritiert. Katrin sagte nun zärtlich: «Leg dich ins Bett, denn ich möchte deinen Körper etwas massieren und deinen Luststab hart zum Sprung machen.» Ich dachte noch, die Schwarzhaarige geht aber schnell an die Sachen ran und bald steckt meiner in ihrer Spalte drin. Es ging wieder mit Zungenküssen in meinem Mund los, ihr Mund ging hinunter an meine Brustwarzen und sie bediente diese auch mit ihrer Zunge. Ich wusste gar nicht, wie hart meine Knöpfe werden können. Sie steckte dann ihre Zunge in meinen Bauchnabel und kreiste darin herum. Das war auch kein schlechtes Gefühl. Dann nahm sie ihre Hand zur Hilfe und kraulte meine Schamhaare. Lass mir erspart bleiben, was sie dann anfasste und daran spielte. Dann sprang mein Ding aus dem Liegen auf und zeigte sich als harter Ständer. Dann sagte sie: «Ich lasse mich am liebsten im Halbdunkel bespringen und mache deshalb die Deckenbeleuchtung aus.» Die Nachttischlampe bedeckte sie mit einem dunklen Schleier, sodass es richtig schummerig war. Katrin sagte: «Nichts sehen, aber im Körper etwas spüren, das ist schön, du wirst es mir später bestätigen.» Ich sagte zu Katrin: «Ich wollte in deine Augen sehen, wenn ich auf dir liege und mein Ding in deinen Körper eingedrungen ist.» Katrin antwortete nicht und zog ihren Rock und die Strumpfhose aus und stand in hellblauen Dessous vor mir. Welch schöner Anblick, die schönen prallen Brüste standen ab und protzten vor Geilheit. Ach, wenn ich an die schlappen Titten von Karin denken muss, schaudert es mir. Ich dachte noch, mit der Katrin hast du einen schönen Fang gemacht, das wird heute Abend eine wunderbare Liebesnacht werden. Mein bestes Stück bekam schon mehr Blut in seinem Schaft und ich merkte, dass er anschwoll. Dann war aber plötzlich ihr Mund an meinem Penis und sie fing an, von der Schaftwurzel an nach oben hin bis zur Eichel das Glied mit der Zunge abzutasten, ich will sagen, zu belecken. Annabella, ich sage dir, das hat meine Karin noch nie gemacht und ich möchte nicht weiter darüber sprechen, was alles noch geschah. Jedenfalls dachte ich, ein Prachtweib ist vor meine Flinte gekommen. Nach einiger Zeit sagte sie: «Ich muss mit der Liebkosung aufhören, sonst kommt es dir und du kannst mich nicht bedienen.» Katrin sagte: «Ich lass mich am liebsten von hinten lieben.» Ich sagte darauf: «Ich wollte dir in die Augen sehen, wenn ich auf dir liege.» Sie sagte: «Es wird so gemacht, wie ich es will. Ich will heute keine Missionarstellung, Frau unten und der Mann oben.» Wir machen es in der Hündchenstellung. «Nanu», sagte ich, «was ist denn das?» Katrin antwortete: «Das weißt du nicht.» «Nein», sagte Robert, «meine Frau hat solch eine Stellung noch nie verlangt.» Katrin sagte: «Dann lernst du es heute. Ich sage dir wie das vonstatten geht. Die Frau bückte sich und machte ihre Schenkel breit und die Pobäckchen werden auseinander gezogen und der Mann dringt mit seinem Ding von hinten ein.» Katrin sagte: «Meine Spalte ist heute ein bisschen trocken und so trage ich ein Gleitmittel auf deinen Degen auf und auch ich bekomme ein paar Tropfen ab. Komm her mit deinem Glied, und wupps massierte sie das Gel ein und ich fasste mein Ding an und der war glatt und glitschig wie ein Aal. Katrin zog sich die Dessous aus und ging zu einem Sessel und stützte sich auf die Lehne und bückte sich tief, hielt ihren gespreizten Popo hin, fasste mein Glied an und führte ihn dahin, wo er rein sollte. Donnerwetter dachte ich, die mit ihrem Alter von 40 Jahren hat noch eine enge Vagina. «Nun mach schon», sagte sie, «mach es so wie bei deiner Frau, wenn du sie von vorn nimmst. Wenn dein Sperma kommt, kannst du ruhig abspritzen, ich nehme die Pille. Und ich bediente die Katrin wie ein Schneekönig und hatte ein wundervolles Gefühl bei der Penetration.» Katrin faste mit ihrer Hand an mein Säckchen und dann passierte es, ich explodierte, mein Samen spritzte in ihrer Vagina, ejakulierte. «Lass ihn noch etwas drin», sagte Katrin. Aber lange hielt ich nicht aus. Mein Glied fiel zusammen, das Blut strömte in meinem Körper zurück und es war nur noch ein Wurm, der bei mir herunter baumelte. Katrin sagte: «Geh und wasch deinen ab, ich komme nach.» Ich hatte mein Ding abgewaschen und dann kam die splitternackte Katrin. Mein erster Blick war auf die vollen Brüste gerichtet und dann schaute ich hinunter auf ihre Scham. Wo ich nun so guckte, dachte ich, mich rührt ein Schlag. Die Katrin mit ihren schönen Brüsten hatte unter ihrer Scham einen hart erigierten Penis stehen. Ich dachte, das kann doch nicht war sein und sagte zu ihr: «Warum hast du dir einen Kunstpenis umgeschnallt?» Sie kam näher und sagte: «Fass ihn mal an und sag mir, ob es ein Dildo ist?» Ich fasste hin und er fasste sich so an, als ob es mein Ding ist. Er war auch warm wie meiner und sie sagte: «Nun wichse ein bisschen an meinem Glied und sag, ob es ein echter Penis ist.» «Ja», sagte ich, «deiner ist echt, so wie meiner.» Ich sagte noch: «Ich habe dich doch eben noch gevögelt, wo ist denn deine Scheide?» Katrin erwiderte: «Ich habe keine Scheide, du hast es anal gemacht, deiner war in meinem After.» «So», sagte ich, «gibt denn es so etwas? Es war doch so schön, als ich meinen drin hatte. Und hat der oder die Partnerin auch ein Gefühl, wenn er oder sie penetriert wird?» «Und ob», sagte Katrin. «Wenn du dich erholt hast», sagte Katrin, «dann mache ich dir einen Analfick, wenn du willst.»

Und Robert sagte zu Annabella: «Ich ließ mich von hinten nehmen und es war ein schönes Gefühl, als Katrins Luststab bei mir hinten drin war.» «Ich weiß», sagte Annabella, «auch mir hat es im After gut gefallen.» «Was», sagte Robert, «du warst doch mit einem zwanzigjährigen Mädchen in deinem Hotelzimmer. Ich habe euch beide hineingehen gesehen. Hast du deine Partnerin mit einem Mann getauscht?» «Nein», sagte Annabella, «kein Partnerwechsel. Die Lisa ist auch eine Transe, sie hat auch beides, wie deine Katrin pralle Brüste und einen Penis. Lisa hat mich von hinten und vorne und anal bedient und es war alles sehr schön. Solche guten Orgasmen hatte ich noch nie in meinem Leben. Robert, höre, ich glaube, du könntest mich auch anal nehmen und ich habe schon Lust, dass du es mir gleich von hinten im After machst. Gleitmittel ist noch da.» «Ja», sagte Robert, «ich mache es dir gern, sofort, ich ziehe mich nackt aus und du auch. Erst machen wir uns gegenseitig scharf und dann lieben wir uns.» Und sie geilten sich gegenseitig auf, er an ihren Brüsten und an ihrer Klitoris und sie an seinem Glied, dann trieben sie es beide, sie als eine Lesbe und er als verhinderter Ehemann. Der Kursus war zu Ende und sie haben eine schöne Erfahrung im Liebesleben erworben.

Robert und Annabella versprachen, sich in Annabellas Wohnung regelmäßig zu treffen und Liebe zu machen. Es war absehbar, dass Annabella ihr Liebesleben als Lesbe mit einer anderen Lesbe aufgab und mit Robert wunderbare Liebesspiele machte. Das Gelöbnis der beiden war von nun an, über alles zu schweigen und ein Liebesleben zwischen Mann und Frau zu genießen.

Ende

Gewonnen

Die erste Panne.

Ende des Jahres 1945 war unser Bekannter weit entfernt von seiner Heimat in Kriegsgefangenschaft in Frankreich, dort, wo die Alliierten 1944 gelandet waren und den Krieg zu Ende bringen wollten. Die Soldaten waren erfolgreich gewesen und hatten Hitlerdeutschland zusammen mit den Russen besiegt und den Krieg gewonnen. Der oben genannte Gefangene war noch jung, erst 18 Jahre alt, musste sich den Siegern unterwerfen und konnte an seinem Schicksal nichts ändern. Sein Los war, das von den Deutschen zurückgelassene Kriegsgerät, Minen und Granaten wegzuräumen und unschädlich zu machen.

Aber in den Nächten hatte er ein Bett, in dem er schlafen, seine Tagesarbeit vergessen konnte. Wie das bei Männern so ist, bekommen sie in der Nacht während ihres Schlafens vier- bis sechsmal eine Erektion ihres Gliedes. Entweder ist es ein Wassersteifer, dann muss er seine Blase entleeren, wie man so sagt urinieren, oder er träumt von einem Mädchen, mit dem er Liebe machen möchte.

Nun, die Gefangenschaft war dort, wo er war, nicht unter Militärkommando, sondern eine Zivilgesellschaft das Oberhaupt dieser Gefangenen und da blieb es nicht aus, das die Gefangenen abends oder an den Sonn- und Feiertagen Freigang, na, sagen wir, Ausgang hatten und sich in die Botanik oder französische Familien, sag besser, in die Obhut von Mädchen begeben konnten. Wie überall in der Welt, sahen die Mädchen nicht die Nationalität sondern das Geschlecht im anderen Wesen.

Unser junger Freund war in dem Alter, wie gesagt, dass er was vor seine Flinte bekommen wollte und lernte die zwanzigjährige Französin, die sich Monika nannte, kennen. Bei ihr konnte er nicht landen, da sie schon einen Deutschen als Freund und Geliebten hatte und somit vergeben war. Aber die Monika wusste, wie schön es ist, wenn ein Mädchen oder eine Frau ihre Oberschenkel spreizt und ein Mann führt seinen Luststab in die Grotte ein. Monika hatte eine fünfzehnjährige Schwester und dachte, sie ist alt genug und auch schon reif, ihre Tage hatte diese schon seit einem Jahr, dass ein Mann kommen und sie unten schön bedienen konnte. Warum sollte die Schwester nicht auch einen schönen Fick bekommen? Und der Deutsche war nur drei Jahre älter als die Schwester. Und diese Denise, so hieß die Schwester, nahm auf Anraten der Monika die günstige Gelegenheit wahr, sich an den jungen Gefangenen ranzuschmeißen. Nach einigem rein sachlichen Sehen und Kennenlernen, kam eines Abends die Stunde, dass der werdende Liebhaber diese verlockende Denise küssen durfte und sie küsste heiß und wollüstig zurück und bewegte auch ihre Zunge in seinem Mund, man sagt, sie machte Zungenküsse, und die Denise war läufig wie eine Hündin. Es ist verständlich, dass sein Pimmel in der Hose sich rührte und aufstand, hart wurde. Der Gefangene wurde mutig und fasste an die kleinen, straffen Brüste der Denise und streichelte daran herum. Das gefiel dem Mädchen, sie ließ es sich gefallen, und seine Lust steigerte sich, er fühlte sich zu Hohem berufen. Es war das erste Mal in seinem Leben, dass er mit einem Mädchen so eng und intim zusammen war und mit Petting machen begonnen hatte. Langsam entfernte sich seine Hand von beiden Brüsten, die er abwechselnd an den Nippeln gestreichelt und die Warzen hart gemacht hat, sie standen richtig. Man kann sich denken, dass seine Hand weiter nach unten wanderte und ihren Bauch zärtlich streichelte. Aber das war noch kein Sieg über den Körper von Denise. Ich muss sie richtig scharf machen, dachte er, und langsam, Zentimeter um Zentimeter, wanderte seine Hand unter ihren Rock und an ihren Oberschenkel, am Anknüpfer ihres Strumpfhalters vorbei, damals trugen Frauen und Mädchen diese Liebestöter oder Anreger noch, Strumpfhosen gab es noch nicht, also kroch seine Hand bis ans obere Ende ihrer Oberschenkel, die sehr heiß geworden waren und mit einmal ging es nicht weiter, ein Schlüpfer hat Einhalt geboten. Er streichelte

118

nun am Schlüpfer, an ihrem Bauch, die Schenkel hatte Denise leicht gespreizt. Jetzt wollte unser Draufgänger aufs Ganze gehen und durch ein Schlüpferbein an die Muschi von Denise sich heranmachen. «Non, nein», sagte Denise und zog seine Hand unter dem Rock hervor. Sie küsste unseren Mann und dann war es ihr doch leid, das sie non gesagt hatte und zog sich vorn heimlich ihren Schlüpfer herunter, nahm seine Hand in die ihrige, mit der anderen Hand zog sie den Schlüpfergummi nach vorn und öffnete ihn und steckte nun seine Hand in die Öffnung ihres Schlüpfers und seine Hand rutschte nun nach unten und kam an ihre Schamhaare und er kraulte sie dort ein wenig, dass sie leicht zitterte und nach mehr stöhnte. Tiefer kroch seine Hand über den Venushügel nach unten und erreichte den Anfang ihrer Scheide, die sich bei seiner Berührung öffnete und er, ein bisschen wühlend in der Grotte, die kleine Schamlippe öffnete und dann an eine Erbse herankam. Er dachte noch, was ist denn das, und führte einen Finger leicht darüber hin und das kleine Ding wurde größer und richtete sich auf und in der Scheide des Mädchen wurde es nass und glitschig, sodass es für ihn eine Lust war, seine Finger hin und her zu führen, zu spielen. Und dann dachte er, gleich habe ich es geschafft, Denise scharf gemacht zu haben, und sie wird meine Hand nehmen und mich in ihr Schlafzimmer führen, mir die Hose und Unterhose herunter ziehen und ihre Schlüpfer aus- ziehen. Zu Hause hatte er von den Soldaten auf Urlaub gehört, die französischen Frauen und Mädchen sollen in der Liebe scharf wie ein Rasiermesser sein und er freute sich auf das kommende Liebesspiel. Es wurde Zeit, seine Hoden waren schon angeschwollen und taten ihm weh. Dann sprach Denise französisch, deutsch sprechen konnte sie nicht, mit zarter aufgeregter Stimme: «Non …, nein …, maladie …, krank …, organe sexuel …, Geschlechtsorgan ….» Er verstand, Denise hatte ihre Regel, ihre Monatsblutung. Sie war ja wollüstig geworden und hätte gern sein Ding bei sich reingehabt, es soll sexuell herrlich in der Regel sein, aber das wollte sie dem Geilmacher nicht antun, dass sein Pimmel blutig wurde. Es tat Denise leid, dass das heutige Intermezzo ein Ende hatte, es war ja so schön. Beide dachten, es gibt noch andere Tage, wo man sich lieben kann. Denise küsste ihren enttäuschten Liebhaber zärtlich auf seinen Mund und sagte: «Fin ..., Ende ...», und schob ihn aus der Wohnung hinaus. Zwischen den beiden Jungverliebten gab es kein Wiedersehen und keine Liebesvereinigung. Zwei Tage danach hatte unser Gefangener einen Unfall und wurde schwer verletzt. Er kam in ein Lazarett und ein Schlafwagenzug brachte ihn in seine Heimat zurück und er heilte seine Wunden aus. Der erste Versuch vom Jüngling zum Mann zu werden, war eine Panne für ihn. Bis an sein Lebensende denkt er an Denise mit Wehmut zurück.

Ende der ersten Episode

Der zweite Versuch

Unser Bekannter aus Frankreich war nach Deutschland, genau gesagt in die sowjetische Besatzungszone, in das Magdeburger Umland zurückgekehrt. Seine Blessuren waren ausgeheilt und er hat sich mit seinem Schicksal ausgesöhnt und versuchte, ein neues Leben zu beginnen. Seine unteren Gliedmassen zwischen den Oberschenkeln haben nichts abgekriegt von der Explosion, sie sind wie man so sagt, heilgeblieben, und pro forma funktionierte alles im stillen Kämmerlein. Er hatte, so wie früher im Bett, in der Nacht, öfter einen Steifen. Das ist eben so bei den Männern. Eine Freundin hatte er noch nicht, wovon sollte er diese aushalten. Seine kleine Rente reichte kaum zum Leben und das Zigaretten rauchen kostete auch Geld. Und wenn die Musiker zum Tanz aufspielten und er wollte tanzen, musste er auch Eintritt bezahlen. Wenn er aber ein Mädchen ergattern wollte, konnte das nur auf einem Tanzboden erfolgen.

Nach fast einem Jahr in Frankreich, wo er großes Pech im Liebesspiel mit der fünfzehnjährigen Denise hatte und verunglückte, ging er im Januar 1947 mit seinen Schulfreunden zu Fuß zum drei Kilometer entfernten Nachbardorf, wo die Musik zum Tanz aufspielte. Wegen sehr großer Kälte und Schneefalls, konnte man mit den Fahrrädern nicht fahren. Die Burschen waren jung und schafften die paar Kilometer des Weges ohne große Mühen zu Fuß. Man ging nicht wegen der einheimischen Mädchen dorthin, die kannte man ja. Nein die Jungens gingen dorthin, um frisches Blut, das heißt, um Flüchtlingsmädchen kennen zu lernen, die in ihrer Heimat in Schlesien, Ostpreußen, Hinterpommern oder der Tschechoslowakei herausgeworfen waren und hier in Mitteldeutschland eine neue Heimat finden sollten.

Es war anheimelnd und gemütlich in dem kleinen Tanzsaal, die Kapelle spielte flott zum Tanz auf und Mädchen waren auch genug da. Unser verhinderter Frauenheld aus Frankreich hatte bald ein neunzehnjähriges Mädel zum Tanzen gefunden und so reihte sich ein Tanz an den anderen und er ließ das Mädchen nicht mehr aus den Augen und nicht aus seinen Armen. Er war hingerissen von ihr. Sie ließ sich rechts und links herumdrehen und schmiegte sich bei einem Tango an seinem Körper und so ging es den ganzen Abend. Um 1 Uhr des Nachts packten die Musiker ihre Instrumente zusammen, nein, in ihre Futterale, tranken noch ein Bier und dampften nach Hause ab. Die Gäste bezahlten ihre Zeche, soweit noch nicht geschehen und verließen das Lokal. Das Tanzmädchen wartete auf ihren flotten Tänzer, und nachdem sie und er die Mäntel angezogen und ihre Ohren versorgt hatten, gingen sie auf die Dorfstrasse und in Richtung der Wohnung des Mädchens. Am Hoftor des Gehöfts war Halt. Man musste erst über den Hof gehen und dann konnte man ins Wohnhaus hinein. Man konnte und wollte aber nicht, da die Mutter und das Mädchen nur eine Wohn- und Schlafstube hatten, und das hätte mit den beiden nichts werden können, in diesem Zimmer, wo die Mutter im Bett lag, herumzuknutschen und vielleicht noch etwas mehr. Auf den Hof konnte man auch nicht gehen, da dort ein großer Schäferhund sein Revier hatte und auf jeden Fremden lauerte. Der Hof war durch eine Tür und ein Tor begehbar, die an großen und dicken gemauerten Pfeilern aus Steinen eingehängt waren. Zwischen den Pfeilern war das Paar vorm Wind geschützt und sie begannen, sich zu knutschen, und streicheln, sich zu liebkosen. Diese Nacht hatte es in sich. Das Thermometer zeigte 20 Grad minus Kälte an. Aber die beiden froren nicht. Sie küssten sich und konnten nicht einhalten, es kam auch zu Zungenküssen. Unser Held drückte seinen Unterleib mit etwas Hartem in seiner Hose an ihren Leib und sie drückte zurück, sodass beide ein Verlangen auf etwas Schönes, auf eine Vereinigung bekamen. Unser Liebhaber wollte dieses beschleunigen und genauer wissen und fasste unter ihren Mantel, unter den Rock und suchte eine bestimmte Stelle bei ihr. Seine Hand fasste auch etwas und wollte gierig mehr wissen von ihrer Unterwelt. Das Mädchen küsste mit Nachdruck auf seinen Mund und schob ihre Zunge vor und zurück, als

122

sollte das ein Zeichen, eine Aufforderung sein, das er auch etwas bei ihr einschieben und zurückziehen sollte. Sein Ding da unten wurde härter und straffer und spannte sich wie ein Flitzebogen, der einen Pfeil zum Abschuss bringen sollte. Er hatte noch den Gedanken, hoffentlich kriegt meiner keine Frostbeulen, wenn sie ihn aus meiner Hose herausholt. Er fasste mit seiner Hand weiter nach unten und sein Zeigefinger kam an ihre Ritze und er fühlte etwas Nasses und Glitschiges an seinem Finger. Nun brauchte er keine Angst um sein bestes Stück haben, ich meine, Frostbeulen. Es kam einfach über ihn. Er hatte keine Gewalt mehr über sein erigierten Glied, das Sperma war in seinem Bauch zu heiß geworden und suchte durch die Harnröhre eine Flucht nach draußen und musste leider in seiner Unterhose einen Stopp machen. Vorbei, vorbei. Auch der zweite Versuch, seine Junggesellenschaft zu verlieren, misslang. Das erste Mal konnte er Denise nicht beischlafen, da sie ihre Tage hatte, und beim zweiten Versuch war der Schuss bei ihm zu früh losgegangen, sein Ding ist auf einen Fehlalarm reingefallen.

Seine Tänzerin hat seinen Zusammenbruch, seinen Orgasmus mitgekriegt. Aber böse war sie deshalb eigentlich nicht, da auch sie eine sexuelle Erlösung in ihrer Muschi hatte. Eigentlich war sie froh, dass sie ihr Höschen nicht runterziehen musste, denn bei dieser großen Kälte, die in der Nacht herrschte, hätte vielleicht ihr Hintern Frostbeulen bekommen.

Noch ein heißer Kuss der beiden und er sagte: «Schlaf schön», und sie antwortete: «Komm gut nach Hause und Tschüss.»

Es war mittlerweile vier Uhr in der Frühe geworden und unser Weiberheld hatte noch eine Stunde Wegezeit durch Wald und Flur vor sich, um sich in sein Bett legen zu können. Es gab in der nächsten Zeit kein Wiedersehen zwischen den beiden, da die Mutter mit der Tochter weggezogen ist.

Ende der Zweiten Episode

Der dritte Anlauf zum erfolgreichen Akt

Im gleichen Jahr 1947 blieb es ziemlich ruhig im Liebesleben unseres Romanhelden. Er besuchte die üblichen Dorftanzböden in der Umgebung seines Wohnortes und machte ein bisschen Schwarzhandel und Schnaps brennen und besserte damit seine Haushaltskasse auf, denn die 50 Mark Rente im Monat waren auch nicht das Ei des Kolumbus.

Die Tanzböden in den Dörfern hat er zwischenzeitlich auch mal in die nächstgelegene Kleinstadt verlegt, da es hieß, man muss auch einmal fremdes Blut, sag Mädchen, beriechen. Er fand ein Tanzfräulein, es war wohl zwei Jahre älter als unser Kandidat, und sie erzählte ihm, dass sie im Krieg verlobt war, dass sie nichts von ihrem Bräutigam hatte und der in den letzten Tagen des Krieges, des unsinnigen Sterbens der Männer, gefallen ist. Sie sagte, ich muss immer an ihn denken. Er antwortete ihr, mein Gott, das war noch vor drei, vier Jahren, und tot ist tot, und da muss man mal an sein eigenes Leben denken und das, was früher war, einmal vergessen. Als er ihr einen Kuss aufdrücken wollte, kniff sie ihren Mund zu und sagte, heute kann ich mich nicht küssen lassen, ich denke an ihn, wie er mich geküsst hat. Er dachte, es wird sich bei ihr ergeben und verabredete ein weiteres Treffen, zum nächsten Tanzabend. Danach, vor ihrer Haustür fing sie wieder an zu jammern über den gefallenen Bräutigam und sagte, ich komme darüber nicht hinweg. Unser Tanzherr sagte dann zum Fräulein, mit uns beiden wird es wohl nichts werden, du denkst immer an deinen Verflossenen, ein Toter kann dir eh kein Kind mehr machen und dann wirst du eine Jungfer bleiben, so wie du es mir angedeutet hast. Die Romanze zwischen den beiden war beendet und die Karawane zog weiter, wie man so sagt.

Gut zehn Monate später, im Oktober 1948 fand unverhofft ein neues Abenteuer statt, ohne dass es unser Held vorher ahnte. Mit einem Freund aus seinem Heimatdorf waren beide zu einem Tanzvergnügen ins Nachbardorf gefahren und der Freund wollte von unserem Helden

Abschied feiern, weil er woanders eine Arbeit gefunden hatte, die ihm einen höheren Verdienst bescherte. Bei Musik, Bier und Schnaps gingen die Stunden herum. Dann wurde von der Kapelle Damenwahl angesagt und flugs trat ein Mädchen an den Tisch der beiden und forderte unseren verhinderten Liebhaber zum Tanz auf. Anstandshalber nahm er die Aufforderung an und sie tanzte gut, der Sex lag in ihren Bewegungen. Da nicht immerzu mit dem Freund getrunken werden konnte, wurde unser Junggeselle tanzlustig und versäumte mit dem jungen Mädchen keinen Tanz. Ihr Alter schätzte er auf Anfang 16 Jahre und er fühlte sich mit seinen 21 Jahren wie vor dem Bauch geklatscht, dass so ein junges Ding Gefallen an ihm fand. Es machte Freude, sie im Tanz herumzuwirbeln. Aber langsam merkte er, dass er wohl zuviel Bier und Schnaps getrunken hat und durch das schnelle Tanzen seine Sinne durcheinander gekommen sind. Er musste ja auch noch drei Kilometer mit dem Fahrrad nach Hause fahren. So sagte er sich, Schluss für heute, und ab nach Hause in meine Heia. Er verabschiedete sich von seinem Freund, der noch blieb, holte seine Joppe von der Garderobe, zog sie an und eilte auf den Hof der Gaststätte, wo er sein Fahrrad geparkt, ach nein, abgeschlossen hatte. Plötzlich eine Mädchenstimme hinter ihm. Es war die Tänzerin vom Abend, welche auch schon ihre Jacke übergezogen hatte. Das Mädchen fragt: «Wo willst du hin, ohne dich von mir zu verabschieden?» Er antwortete ihr: «Mir ist nicht gut im Kopf und im Magen, ich habe Angst, dass ich dune werde und kann dann nicht mehr Fahrrad fahren.» Er entschuldigte sich noch, dass er heimlich verschwinden wollte. «Ist gut, ich verzeihe dir», sagte sie. «Da wir schon hier und du auf Abreise bist, begleite ich dich ein Stück des Weges, denn mein Zuhause liegt an dieser Strasse.» Er sagte: «Dann komm», und schob sein Fahrrad neben ihr. Nach 100 Metern des Gehens sagte sie: «Du schaukelst ja ein bisschen beim Gehen, es wäre besser, wenn du dich auf eine Bank setzt und dich ein wenig erholst, bevor du dich aufs Rad setzt, sonst stürzt du unterwegs noch vom Fahrrad.» «Ist gut», sagte er, «das Mädchen hatte recht, ich muss mich etwas erholen um klar denken zu können.» Sie führte ihn zu einer abseits stehenden Bank ohne Lehne. «Setz dich», sagte sie, und nahm seine Hand in die ihrige, als wollte sie ihm helfen.

So saß er, angelehnt an das Mädchen eine Viertelstunde und atmete die Luft tief ein und die verbrauchte Luft aus. Er spürte schon, dass es ihm besser ging. Sie spürte seine nunmehr ruhige Atmung und sie streichelte seine Hand. Dann sagte sie zu ihm: «Ich merke, dass es dir besser geht. Komm, lass uns Abschied nehmen und ich küsse dich.» Ah, dass waren die ersten Küsse und sie verstand das Küssen mit allen Raffinessen. So hat ihn lange kein Mädchen geküsst und seine Lebensgeister erwachten und auch sein Stängel in der Hose wurde wach und stand auf. Sie sagte: «Fass mal meine Brüste an und sag mir, ob sie dir gefallen.» «Oh», sagte er beim Anfassen, «du hast ja ein paar schöne Beulen da sitzen.» Sie sagte erzürnt: «Beulen sagst du zu meinen Liebesäpfeln, sieh dir doch meinen Busen an», und sie knöpfte ihre Bluse auf. Es zeigte sich, dass sie keinen BH trug und sagte: «Meine Dinger stehen wie eine Eins.» Sie forderte: «Fass sie nun an», und er griff zu und sagte: «Die sind aber schön knackig und ganz fest, wie ein paar rund Kugeln.» «Und erst die Knöpfe darauf», sagte sie. «Tipp mal mit deinem Finger an den Warzen. Ach nein», meinte sie, «küss mit deinem Mund meine Zitzen und leck sie mit deiner Zunge und sauge mit deinen Lippen an meinen Nippeln.» Er machte das bei ihr und merkte, dass die Warzen gewachsen waren und größer geworden sind. Ob das Mädchen die Wölbung in seiner Hose gesehen hat oder es ihr Programm war, man weiß es nicht genau. Sie faste an den Hosenschlitz oder wie der Schneider sagt, an den Eingriff, und knöpfte den Verschluss auf. Reißverschlüsse gab es zu damaliger Zeit in der Hosenmode noch nicht und flugs hatte die Verführerin ihre Hand in seine Hose gesteckt und suchte seinen Pimmel und das anhängende Säckchen und begann beides zu streicheln und machte sich scharf. Ah, ah, das war ein schönes Gefühl bei unserem Lustmolch. Er wollte aber nicht zurückstehen und hatte Sehnsucht nach ihrer Lustgrotte, nach ihrem Schlitz oder der Ritze.

Seine Hand glitt unter ihren Rock zwischen ihren leicht gespreizten Oberschenkel, und schon war seine Hand an das Ende der Schenkel gekommen. Er hatte mit einer Sperre mit ihrem Schlüpfer gerechnet, war aber fast erschrocken, dass sie kein Höschen angezogen hatte, und er mit seinem Finger ihre Spalte ertastete, die glitschig war, und er weiß nicht, wie es geschah, zwei Finger rutschten, wie von allein, in ihr Lustorgan hinein. Ja, dachte er, heute werde ich meine Junggesellenschaft los und endlich ein potenter Mann. Sie war in ihren Gedanken schon weiter und sagte zu ihm: «Zieh endlich deine Hose aus, sonst bin ich durch deine Spielerei schon vorher fertig, bevor du Deinen rein gesteckt hast.» Unsere Verführerin schob ihren Rock weit nach oben, sodass ihre Herrlichkeit zugänglich war und sie holte seinen Befriediger durch den Eingriff der Unterhose hervor, der sehr hart geworden war. Sie sagte zu ihm: «Nun lege ich mich auf die Bank und mache Stellung, damit Deiner in meine Muschi rein kann. Ich helfe dir», sagte sie noch und fasste seinen Stängel an und führte ihn an ihre Schamlippen. Kaum hatte seine Eichel ihre Scheide berührt, musste er einen Rückzieher machen, da sein Samen keine Lust mehr hatte, in seiner Höhle zu verbleiben und mit Tempo suchte das Sperma das Weite nach draußen. Das Ende vom Lied war, dass er wieder zu früh geschossen hat und Junggeselle geblieben ist. Tage später erfuhr er von einem Freund, dass das Mädchen knapp 15 Jahre alt ist und der Staatsanwalt noch eine Hand vor ihren Unterleib hält und aufpasst, dass keine Entjungferung erfolgt. Unser Schwerentöter hatte wochenlang Angst, ob nicht doch ein bisschen Sperma auf Abwege gegangen und in ihre Grotte hineingekrochen ist und ein Unterkommen gefunden hat. Dann wäre er Zahlmann für 18 Jahre und mehr geworden. Unser Liebhaber hatte Glück. Es ist alles sauber geblieben bei dem Kindsmädchen und ihre Tage waren wieder gekommen, keine Schwangerschaft. Er meidet in der Folgezeit dieses Mädchen, denn sie war eine Könnerin in der Verführung und kriegte jeden Mann und dessen Pimmel rein, wenn sie es wollte.

Und unser Nichtkönner, der endlich Mann werden wollte, musste sich eingestehen, dass es wieder schief gegangen war. Er sagte zu sich, ich muss es noch lernen eine Frau zu bedienen. Beim nächsten Mal pass ich aber besser auf, dass der Vulkan ohne Voranmeldung seine Lava ausschleudert. Viel Glück dazu.

Ende der dritten Episode

Beim vierten Mal soll es endlich klappen

Ein Sprichwort sagt, aller guten Dinge sind drei, aber wie man bisher lesen konnte, haben Sprichwörter, nicht immer Recht. Unser Frauenheld hatte im Herbst 1948 endlich eine Arbeit, und der Schwarzhandel und die Schnapsbrennerei hatten ein Ende gefunden. Nun hieß es, sich am Riemen zu reißen, arbeitsam zu sein und sich den Lebensanforderungen zu stellen. Das Schwofen auf den Tanzböden in den Dörfern hat ein Ende gefunden. Unser Freund hatte, da er schon 22 Jahre und ein paar Monate älter geworden war, die Absicht, sich eine Frau zu suchen, zu heiraten und eine Familie zu gründen.

Er hoffte in der nächst gelegenen Kleinstadt ein Wesen zu finden, dass ihn nicht gleich zur Explosion seines Lümmels brächte, sondern zügelte. Ein paar Wochen nach dem letzten Missgeschick des beabsichtigten, pardon, einen Beischlaf auszuüben, lernte er eine neue Fee kennen. Sie war noch 16 Jahre alt, wurde demnächst aber 17 und war damit schon einem Staatsanwalt entkommen. Das Mädchen durfte auf eigenen Wunsch schon ihre Schenkel spreizen und ein werdender Beschäler brauchte keine Angst wegen einer Minderjährigkeit eines Mädchens haben. Sie war keine Jungfer mehr, gestand aber unserem Frauenheld, dass so ein Lustmolch sie als Fünfzehnjährige herumgekriegt und entjungfert und beschlafen hat. Sie hat es nicht verstanden, warum sie es hat geschehen lassen. War es darum, dass ihre gleichaltrigen Schulfreundinnen schon einen Freund hatten und sich vögeln ließen und sie war noch Jungfer und wollte nicht nachstehen? Es war eben geschehen, was geschehen sollte, und es kommt immer anders, als man denkt. Der Entjungferer des Mädchens war acht Jahre älter als seine Geliebte und hatte ein halbes Jahr nach der Entjungferung die Schnauze voll von dem unmündigen Mädchen und machte Schluss. Er hatte ein älteres Mädchen gefunden, die unten schon ausgewachsener war und volle Schamlippen hatte und sich wollüstig beischlafen ließ.

Schwamm über diese Sache. Als unser Freund dieses Mädchen kennen lernte, stand es schon ein halbes Jahr trocken, das heißt, sie ließ keinen an ihre Unterwäsche und was darunter versteckt ist, heran.

Ob sie sich es an ihrer Muschi selber machte, sagte sie nicht, und er hatte soviel Anstand, sie nicht zu fragen und die Dinge abzuwarten, wie sie sich entwickelten. Ihm gefiel das Mädchen und er hatte ernsthafte Absichten, sie zu heiraten, wenn sich beide gut verstanden und zueinander passten. Das mit der Entjungferung störte ihn nicht, denn jedes Mädchen hat solch eine Sperre und die muss eben einmal aufgemacht werden. In diesem Fall hat sich eben ein anderer seinen Dolch blutig gemacht und musste ihn säubern. Und dass Ficken mit einem Mann, nun ja, vielleicht war es für das Mädchen schön, aber welche Mädchen machen das nicht, und sie hat schon ein bisschen Erfahrung gesammelt vor einer Ehe. Manche Frauen werden erst scharf, wenn sie verheiratet sind und probieren andere Männer aus, wie die es einer Frau machen. Das ist dann aber Ehebruch. Bei unseren beiden, Jüngling und Mädchen, schlichen die Wochen und Monate ins Land. Sie trafen sich jeden Sonnabend zum Tanzen und küssten sich beim Abschied wie ein paar Geschwister. Sie sagte immer, habe Geduld mit mir, ich muss erst herausfinden, dass du kein Schweinehund bist und nur das eine bei mir willst, dein Glied unten bei mir rein zu stecken. In ihrer Familie hatte das Mädchen auch Sorgen, ihre Mutter war an Herzversagen gestorben, sie und ihr jüngerer Bruder waren nun Halbweisen, der Vater mit seinen 45 Jahren hat sich zu Lebzeiten ihrer Mutter, des Vaters Ehefrau, eine jüngere Geliebte zum Vögeln angeschafft und ihr Großvater, 70 Jahre alt, hat einen Geschlechtskoller bekommen, seine Ehefrau verlassen und mit einer 15 Jahre jüngeren Frau als Geliebte das Weite gesucht.

Unser Freund, der nicht mehr Junggeselle, sondern Mann werden wollte, konnte sich in das Seelenverhalten seines Tanzmädchens hineinversetzen und respektierte ihr Verhalten.

Bald acht Monate kannten sie sich und immer war noch Ebbe, war noch tote Hose bei ihm. Sicher, er hatte oft einen Ständer, wenn er mit dem Mädchen zusammen war, oder er lag in seinem Bett und hatte auch manchmal eine Überreizung, was in den Hoden eines Mannes sehr schmerzhaft ist, aber was sollte er machen. Abwarten und wieder abwarten wie sich ihr Verhältnis entwickelte. An einem Sonntag nun im Monat Mai 1949, sagte sein Mädchen, heute machen wir einmal einen größeren Spaziergang in den fast zwei Kilometer entfernten Wald, ich möchte gern einmal sehen, wie groß die Fichten, die Weinachsbäume werden sollen, in der Anpflanzung gewachsen sind. Unser Held dachte an den Slogan: Unter den Fichten fickten des Försters Nichten. Es war aber kein ernsthafter Gedanke an die Nichten und was sie taten. Er dachte schon einmal daran, ob sie mich im nächsten Monat, wo ich Geburtstag habe, einmal ran lässt und ich mein Ding reinstecken darf, wozu ich große Lust habe, oder wie lange muss ich noch warten? Nun, heute verlangte das Mädchen, dass er öfters stehen blieb, sie umarmte und heftig küsste. Gut, die Küsserei war nicht unangenehm und er bekam schon einen kleinen Ständer. Was soll es, beim Küssen stand sein Lümmel immer wieder einmal auf und streckte sich. Zwei Kilometer können beim Spazierengehen im langsamen Schlendern und wenn man zum Küssen öfters stehen bleibt, schon eine kleine Ewigkeit werden. Dass Küssen nahm kein Ende und er war immer noch ahnungslos. Endlich hatten sie die Schonung erreicht und sie lenkte ihre Schritte. Ihren Freund an der Hand fassend, und als genügend Deckung von außen war, blieb sie stehen und sagte: «Setz dich bitte», und sie setzte sich neben ihn auf das weiche Moos. Sie sagte: «Küss mich bitte noch ein bisschen und streichele mit deiner Hand meine Brüste. Au, das ist ein schönes Gefühl, wenn du meine Warzen berührst.» Er war immer noch ahnungslos und sagte: «Die Fichten sind in den letzten fünf Monaten ganz schön gewachsen.» «Ach», sagte sie, «denk nicht an die Fichten, denk an mich. Du schmachtest schon bald ein Dreivierteljahr und hältst dich immer zurück und forderst nichts.» Er antwortete: «Was soll ich fordern, du hast immer gesagt, warte es ab, und ich bin dir hörig und ich warte.» «Ja», sagte seine Freundin, «so kann man es wohl bezeichnen, dein Warten und deine Geduld sollen belohnt werden. Ich habe über uns nachgedacht und denke, dass du es ernst meinst mit deiner Liebe zu mir und lasse dich heute meinen Venushügel anfassen und noch mehr und deinen Steifen darfst du in meine Ritze reinstecken. Berühre meine Oberschenkel und streichele sie an den Innenseiten bis oben hin, denn ich möchte scharf auf dich werden wie eine Rasierklinge, wenn du mich nimmst und vögelst.» Na, was sollte er dazu sagen? Ihm blieb die Spucke weg. «Endlich», war seine Antwort. Er streichelte, wo sie es wollte und noch ein bisschen weiter oben zwischen ihren Schenkeln.

Er hatte ihre Spalte erreicht und da war es feucht, glitschig, sein Mädchen war bereit.

«Nun», sagte sie, «ich bin soweit, zieh bitte deine Hose aus.» Die Unterhose durfte er anbehalten, denn sein Ding konnte durch den Eingriff die Sonne erblicken. Sie legte sich lang auf das weiche Moos aus und brachte ihre Oberschenkel in Stellung, so das ihre Hinrichtung, ach nein, Hingabe, die Begattung, beginnen konnte. Er sage noch: «Du hast kein Höschen ausgezogen, wie soll ich bei dir rein kommen?» «Es ist alles in Ordnung», sagte sie, «ich habe Schlüpfer mit weiten Beinlingen angezogen und kann meine Muschi freilegen, wenn ich den Schlüpfer wegziehe, dass du rein kannst. Zeigen tue ich dir meine Fotze aber nicht. Nun mach schon,» sagte sie. Er zog sein Glied durch den Eingriff der Unterhose nach draußen und sie sagte: «Gib deinen Pimmel her, ich führe ihn ein, du weißt doch nicht, wo er hin muss.» Als sie sich sein gutes Stück griff und die Eichel in ihre Schamlippen hinein steckte, sagte sie: «Nun schieb ihn rein.» Schon wieder bekam er an der Eichel so ein fürchterliches Jucken und er merkte, dass sich sein Sperma auf die Socken machte und die Sonne sehen wollte. Mit einem Ruck zog er sein Glied aus der Scheide heraus und schon konnte sich sein Samen im Moos sonnen und verbrennen lassen. Es war wieder ein frühzeitiger Erguss eingetreten. «Ach», sagte seine Geliebte, «kannst du es noch gar nicht, einen Beischlaf auszuüben. Hast du es bei anderen Mädchen noch gar nicht gemacht, nicht ausprobiert? Ficken braucht man doch nicht lernen, man kann es einfach.» Er sagte: «Tut mir leid, dass ich gleich gekommen bin. Erst monatelang warten und dann vorher die Aufreizung, das Küssen und Streicheln bei dir hat meinen Penis wie einen Flitzebogen gespannt und bei deinem Anfassen ist der Pfeil los geflogen. Entschuldige, heute Abend versuchen wir es noch einmal.» Sie traten den Rückweg nach Hause an. «Kommst du heute Abend?», fragte er, sie sagte: «Ja.» «Tschüß», sagten sie und verschwanden.

Ende der vierten Episode

Der Erfolg kam beim fünften Versuch und seine Geige spielte auf.

Es ist Abend, es ist 20 Uhr. Unser Pechvogel sitzt zu Hause im Sessel und grübelt, wartet, ob sie kommt, seine Gespielin, das war sie ja noch nicht, aber es sollte heute noch gelingen. Er dachte, ob sie kommt oder hat sie die Schnauze voll von einem Nichtkönner, der sie geil gemacht und nicht befriedigt hat. Als Mädchen wusste sie ja, was so abläuft im Frauenkörper, aber wie es beim Mann ist, weiß sie nicht. Ihr erster Mann, der Jungfernhäutchen-Räuber konnte es ja gleich richtig machen, aber alle Männer sind nicht gleich, auf die Sekunde kommt es an, und ihr jetziger Beschäler, der es ihr machen sollte und wollte, ist wohl noch ein Anfänger, ein Lehrling. Hätte er erst bei einer reifen Frau versuchen sollen, das Bumsen zu erlernen? Gedanken sind frei. Er hatte seiner Freundin nichts von den anderen Mädchen und seinen Misserfolgen erzählt, das ist sein Verschulden.

Nun ist sie da, sie ist gekommen, obwohl er am Nachmittag versagt hatte. Sie dachte, es wird schon was werden mit uns beiden, er wird das Vögeln noch lernen. Sie bleiben im Halbdunkeln auseinander gerückt sitzen und unterhalten sich über dieses und jenes, nicht über die Liebe. Sie vermeidet eine Berührung mit ihm und denkt, er darf vorher nicht geil gemacht werden, sonst explodiert wieder etwas in seinem Körper, seinem Säckchen. Aber weil es so ist, eine Frau muss vorbereitet werden, für das beste Stück des Mannes, für das Bespringen durch ihn, für das Einbringen seines Gliedes in ihre Muschi. Es muss feucht und glitschig im Innere ihrer Scheide sein, sonst wird es nichts mit einem Vergnügen einer Frau. Sie weiß wie eine Frau es sich selbst machen muss, dass der Einmarsch in ihr Paradies gelingt und bereitet sich im Halbdunkel des Raumes vor.

Ihre Hand gleitet unter ihren Rock und mit ihren Fingern führt sie die Handgriffe an den Stellen, wo sie sexuell erregt wird, durch und mas-

134

siert ihren kleinen Penis, den Lustbringer unter dem Venushügel, nicht seinen sondern ihren Kitzler und macht ihn steif, dass er sich aufrichtet. Nein, allzu groß war ihre Klitoris nicht, sie brachte aber die Lust, die notwendig ist. Sie braucht dieses Organ, um unten nass zu werden und bei der Sache eines Geschlechtsaktes einen sexuellen Höhepunkt und einen Orgasmus zu bekommen.

Sie denkt nach einiger Zeit, dass sie genügend aufgereizt ist, wenn sein Ding bei ihr in ihrer Fotze zu Besuch kommt. Sie sagt zu ihm: «Ich bin soweit vorbereitet und du kannst dein Ding bei mir rein stecken. Kannst du, ist er steif?» «Ja», sagte er, «ich denke, wir müssen beide unten nackt sein, sodass man keine Behinderung hat. Zieh bitte deinen Schlüpfer aus, ich entledige mich meiner Hose und Unterhose.»

Beide haben sich unten bloß gelegt, sehen kann man nichts, weil es dunkel ist und keine Lampe eingeschaltet war. Sie legte sich auf den Teppich im Wohnzimmer, machte ihre Stellung und er kam zwischen ihre gespreizten Oberschenkel und senkte sein Glied hinab auf ihr Lustorgan. Trotz der Panne am Nachmittag fasste sie an sein Glied und führte es an die Stelle, wo ihre Scheide ihn verschlucken wollte. Die großen Schamlippen waren geöffnet und sie sagte, nun schieb deinen Stängel rein und zieh ihn wieder heraus und mach immer wieder das Gleiche, hin und her, vor und zurück, soweit deiner reinkommt, und er machte es so, wie sie ihn dirigierte und es klappte sogar und sie hatte eine Lust wie auch er eine geile Lust hatte und er spielte die erste Geige bei ihr und sie ließ ihre Seiten erklingen, es war ihr Lustorgan und der Choral endete bei ihm mit einer Ejakulation und bei ihr mit einem sexuellen Höhepunkt, mit einem Orgasmus. Der Geschlechtsakt war vollbracht und er war froh, dass er es nun konnte, eine Frau zum Höhepunkt zu bringen und seine Geliebte befriedigt zu haben. Die Potenz war da und seine Manneskraft unter Beweis gestellt, was wollte er mehr, er war jetzt ein Mann.

Ende

Himmel und Hölle

Erstes Kapitel

Unsere Erzählung beginnt in einem reichen Bauerndorf mit einer Domäne westlich von Magdeburg, in der Nähe von Oschersleben gelegen. Den Namen des Ortes möchte ich nicht nennen, um Rückerinnerungen an die handelnden Personen zu vermeiden. Der 1. Weltkrieg war vor 14 Jahren zu Ende gegangen, die Kriegswunden verheilt, die Inflation war überstanden. Deutschland hatte sich vom 1. Weltkrieg erholt, nur die Arbeitslosigkeit war im Jahr 1932 noch sehr hoch. Die Parteien und darin die so genannten Macher, es waren zur damaligen Zeit so zwischen 32 oder 36 Parteien angemeldet, wechselten sich in der Regierungsbildung ständig ab. Die nächste Wahl einer Regierungspartei war für den Monat Januar 1933 angesagt und die damalige Nationalsozialistische Partei mit ihren braunen Uniformen, einem Hakenkreuz in ihrer Fahne, rührte alle Trommeln, um an die Macht zu kommen, regierende Partei zu werden. Die Leute in den Dörfern, die Bauern und die Kossäten sowie die Landarbeiter kümmerten sich wenig um das Treiben der Kommunisten, Sozialisten, der Roten und der Weißen, der Demokraten, Republikaner oder der Nationalsozialisten, der Nazis oder wie sie sonst alle hießen.

Das einfache Volk war froh, dass Frieden war und sie eine Arbeit hatten und nicht arbeitslos waren. Führen wir nun unseren Gedanken in das ungenannte Bördedorf. In bald jedem Ort befand sich neben den vielen Einzelbauern ein landwirtschaftliches Gut, auch Rittergut oder Domäne genannt, und das gab vielen Einwohnern Arbeit, Lohn und Brot.

Kommen wir nun auf zwei Personen der Einwohner des Dorfes zu sprechen, mit denen die Tragöde beginnt. Es ist ein Ehepaar, der Mann hieß Albert und er ist 1890 geboren. Seine Frau kam 1900 zur Welt und wurde auf den Namen Minna getauft. 1920 wurden beide ein Ehepaar und im Laufe von zehn Ehejahren schenkte Frau Minna ihrem Albert, sagen wir lieber, gebar Minna vier Kinder. Die Kinder werden von Minna gestillt, gefüttert und aufgezogen. Die Sprösslinge, die das Schuljahr erreicht hatten wurden in die Schule geschickt und alles wurde so gemacht, wie es von den Eltern erwartet wird. Albert war seit seiner Rückkehr aus der Kriegsgefangenschaft im Jahr 1919 im hiesigen Rittergut als Melker, auch genannt Schweizer, beschäftigt und leistete eine gute Arbeit und war bei seinem Baron geachtet. Minna hatte sich in den zurückgelegten Jahren um die Aufzucht und Wartung der Kinder gekümmert und konnte darum nicht arbeiten gehen. Die außenstehenden Nachbarn und Dorfbewohner sahen eine glückliche Familie mit reichem Kindersegen. Aber in der Ehe der beiden, in der Liebe von Albert und Minna, wie sah es da aus? War es noch die große Liebe von einst? Albert war 42 und Minna 32 Jahre alt geworden. In diesem Alter schlafen Mann und Frau gewöhnlich zwei bis dreimal in der Woche noch miteinander, machen Liebe und treiben Sex. Aber jetzt und hier, nach zwölf Jahren Ehe, war es aus mit dem Sex. Albert hatte tote Hose, sein bestes Stück hatte keine Erektion mehr, er stand nicht mehr.

Wenn Minna abends im Bett zu Albert sagte: «Albert, ich liebe dich, ich bin sexuell erregt, ich habe Verlangen nach dir, mache es mir bitte,» dann antwortete Albert: «Lass mich damit in Ruhe, ich bin abgearbeitet, mein Glied wird nicht mehr steif und ich habe auch keine Lust, zu bumsen. Wir haben doch vier Kinder, ich habe doch getan, was hierfür notwendig war.» Minna antwortete: «Das ist richtig und in Ordnung, ich bin aber doch mit 32 Jahren noch jung und habe außerdem Sehnsucht auf Liebe.» Minna sagte weiter: «Albert geh zum Arzt und lass dich untersuchen.» «Ach», antwortete Albert, «wegen so etwas rennt man nicht gleich zum Arzt. Vielleicht habe ich im Krieg zuviel Giftgas eingeatmet und das macht sich jetzt im Körper bemerkbar. Dann kann ein Arzt auch nichts wegen einer Impotenz machen. Wenn du einmal scharf bist an deiner Muschi da unten, dann streichle dich selbst.»

Minna liegt neben ihrem Albert und ihre Gedanken kreisen im Kopf umher. Nein, denkt sie, dass kann doch das Ende unserer Ehe nicht sein, warum habe ich überhaupt geheiratet, wenn ich mit 32 Jahren schon eine Nonne sein soll? Sie hört das Atmen von Albert und merkt, dass er tief schläft. Sie kann ihre Lust nicht unterdrücken und fasst vorsichtig unter die Bettdecke von Albert, ihre Hand sucht und findet das Glied von Albert, einen Wurm. Minna denkt, ich muss sein Ding streicheln, etwas massieren, versuchen, ihn zu erregen und hart zu machen. So oft wie sie es früher geschafft hat, heute rührt er sich nicht ein bisschen. Sie zieht ihre Hand aus Alberts Bett und fällt selbst in einen unruhigen Schlaf.

Wochen und Monate verstrichen ins Land und Minna hatte immer noch die Hoffnung, dass Albert seiner wieder steif wurde. Es war die Mitte des Jahres 1932 gekommen. Minna dachte, die Wohnung erschlägt mich, die Wohnungsdecke stürzt noch auf mich herunter. Ich muss raus aus meinen vier Wänden, ich begehre mit anderen Menschen zusammen zu kommen. Ich halte das Alleinsein am Tage nicht aus und für Albert bin ich am Tage oder nachts Luft. Wir reden und sprechen miteinander, aber ist ein Leben ohne Liebe ein Leben? In der Nacht liegt Albert neben mir im Bett, nicht als Ehemann oder Liebhaber, nein wie ein Eunuch. Minna konnte ihr Leben nicht mehr begreifen. Nachts träumte sie im Schlaf von einem nackten Mann neben ihr, auch sie war nackt und hatte ein erigiertes Glied in ihrer Hand, sie wurde unten feucht und sagte zu ihm: «Komm, mach es mir», und als das geschehen sollte, wurde Minna wach und es war kein Mann neben oder auf ihr.

Die Getreideerntezeit war gekommen und Minna sprach im Büro der Domäne vor, ob sie als Erntehelferin eingestellt werden kann. Die Arbeitsaufnahme wurde für nächsten Montag zugesagt.

Abends erzählte sie ihrem Mann, dass sie aufs Gut zu der Erntezeit arbeiten gehen werde und sich ein paar Mark verdienen möchte. Albert sagte: «Ist gut, mach du es, wie du es für richtig hältst.» Der Montag war angebrochen und ein buntes Volk war auf dem Getreidefeld versammelt.

Als Hauptperson die Schnitter zum Mähen des Getreides mit einer Kornsense und einem Fangkorb aus Weidenruten, worin die gemähten Halme gesammelt und in Schwaden gelegt wurden. Als Folgepersonen kamen die Binderinnen und die Harkerinnen. Es sei gestattet, zur damaligen Getreideernte vor 75 Jahren noch etwas zu erläutern. Seit einigen Jahrzehnten erfolgt die Getreideernte mit einem Mähdrescher. Dieses Gefährt mäht die Halme ab, drischt die Körner aus den Ähren heraus, trennt die Spreu und das Stroh von den Getreidekörnern, reinigt das Korn, sammelt es auf und wenn der Getreidetank gefüllt ist, werden die Körner auf einen TransportLkw umgeladen. Das auf dem Acker ausgespuckte Stroh wird mit einem Strohbinder aufgenommen und zu runden Bunden gepresst, mit Folie umhüllt und verschlossen. Das Stroh wird dann in offenen Mieten gestapelt und bei Bedarf abgefahren. Vor den jetzigen Mähdreschern gab es die sogenannten Mähbinder, die das Getreide mähten und zu Garben bündelten. Nun kommen wir zu der Getreideernte in den Dreißigerjahren, in denen diese Erzählung beinhaltet ist.. Die Ernte war zur damaligen Zeit eine schwere Plackerei. Wie bereits gesagt, waren am Montagmorgen die Schnitter auf dem Feld angetreten. Da man weiß, dass die Ernten verschiedener Fruchtarten in einer bestimmten Zeit erfolgen, nennt man das eine Saison, diese dauerte meistens nur ein paar Wochen. Damals zog man die Getreide-, Kartoffel- und Zuckerrübenernte als Saisonarbeiten auf. In der Heutezeit machen diese Arbeit hochentwickelte Maschinen. Da braucht man keine Saisonarbeiter mehr. Seit in Deutschland sehr viel Spargel angebaut wird, ist ein neues Betätigungsfeld aufgetreten. Saisonarbeit für Spargelstecher, wozu die Stecher sowohl aus Polen als auch Rumänien zu uns kommen oder geholt werden. Nun zurück zu den Dreißigerjahren. Bereits vor dem ersten Weltkrieg und nach dem Krieg kamen durch Anwerbung diese Schnitter aus Polen. Die Rittergüter hatten zur Nächtigung dieser Leute so genannte Schnitterkasernen, Schlafhäuser, erbauen lassen, worin diese Arbeiter schlafen konnten. Wie bereits erwähnt, standen die Schnitter und Binderinnen zum Arbeitsbeginn auf dem Feld bereit und warteten auf den Verwalter. Endlich traf er ein und gab die entsprechenden Einweisungen in den Arbeitsvorgang. Dann sagte der Verwalter: «Die Mahd beginnt, Schnitter, setzt die Sense an.» Der erste Schnitter holte seine Sense groß aus und tat den ersten Schnitt. Ihm folgten seine weiteren Schnitter. Der zweite und der dritte, der vierte und fünfte folgten mit ihren Sensen dem Vorschnitter. Ihnen schloss sich die Binderkolonne an, Frauen aus dem Bördedorf, unter ihnen auch Minna. Sie rafften die gemähten Halme zu einem Bündel, einer Garbe zusammen und banden die Bündel mit einem aus Stroh gedrehten Strick zusammen und ließen die Bündel liegen. Dann folgten andere Frauen, die die Bündel zu Mandeln auf dem Feld wie ein Zelt aufstellten, dass die Körner in den Ähren trocknen konnten, und später zum Dreschen in die Scheune abgefahren wurden. Nach dem Aufstellen der Getreidebündel kamen die Harkerinnen, die liegen gebliebene Halme zusammen harkten und zu Garben banden und zum Trocknen aufstellten. Wie man sich denken kann, war das eine schwere Arbeit für alle Beteiligten, man bekam Durst, und die Leute erhielten etwas zum Trinken.

Die Frühstückszeit kam heran und 15 Minuten Pause zum Essen und Trinken. Die Erntearbeiter waren schon so erhitzt, das sich die Schnitter ihre Hemden auszogen und die Frauen drei Knöpfe ihrer Bluse öffneten und sich die Röcke bis über ihre Knie hoch schürzten, um Luft an die Leiber heran zu lassen. Das tat gut, die Morgenluft brachte etwas Abkühlung. Schnell war die Frühstückszeit zu Ende, ohne dass sich die Anwesenden näher begucken konnten. Schon hieß es, die Arbeit geht weiter, hoch mit euch. Und alle standen auf und gingen zu ihren Arbeitsplätzen.

Und wieder begann es wie am frühen Morgen. Der erste Schnitter schwang seine Kornsense, der zweite und so weiter und die Binderinnen bündelten die Garben und der Mittag kam und man sah schon ein kleines Ergebnis der Erntearbeit.

Nun kam der Einspänner und brachte das Mittagessen aufs Feld.

Auf dem Acker wurde nicht mit Messer und Gabel gegessen, sondern mit Löffeln aus Emaillenäpfen. Da passte etwas mehr rein als auf einen Teller. Aus Einfachheit und der Sachlage angepasst, gab es mittags auf dem Feld Suppe zu essen. Im Wechsel gab es Erbsensuppe, anderntags Nudeln mit Hühnerfleisch, Mohrrübensuppe, weiße Bohnen, grüne Bohnen und so fort. Die Frauen aßen weniger, die Männer mehr. Satt wurde jeder. Da ließ der Gutsverwalter nicht sparen, denn es wurde von den Leuten harte Arbeit verlangt. Die Frauen waren früher mit dem Essen zu Ende und hatten ein bisschen Muße, in der Runde sich umzuschauen und die Anwesenden zu begucken, zu mustern und dem Gesicht nach bekannt zu werden. Die anwesenden Frauen und Mädchen stammten aus ihrem Dorf und waren sich als Nachbarinnen und Einwohnerinnen allgemein bekannt. Da brauchte man nicht groß zu gucken. Neugieriger waren die Frauen auf die polnischen Schnitter. Viele davon waren schon in den Jahren zuvor hier gewesen und bekannt, man sprach sich mit dem Vornamen an, einige der bekannten Gesichter fehlten und neue waren dazu gekommen. Unsere Frau Minna war neu in dieser Runde und sah sich diese muskulös gebauten Männer etwas genauer an. Die meisten Männer waren verheiratet, man sah es an den Eheringen ihrer rechten Hand. Einige waren ohne Ring. Waren das Abenteurer, die ihre Ehe verleugneten und hier in Deutschland eine Techtelei mit einer deutschen Frau anfangen wollten, oder waren sie noch unverheiratet?

So wie Minna schauten auch die anderen Frauen in die Essenrunde. Oft war die Umschau nur Neugierde, wer alles wieder gekommen ist, wer nicht dabei war und wer neu gekommen ist. Die meisten Frauen aus dem Dorf waren verheiratet, wurden von ihren Männern verwöhnt und bekamen soviel Liebe, wie die Frauen wollten oder auch mehr, wenn er mehr Lust als die Frau hatte. Bei manchen Frauen war der Liebeswunsch nicht mehr so heftig, sie waren aber zufrieden damit. Nur bei Minna war es eine Ausnahme mit ihren impotenten Albert, und dass sie mit ihrem Liebesleben nicht glücklich war. Der Leser weiß es ja schon. Es ist verständlich, dass in Minnas Kopf und in ihrem Hirn der Gedanke festsetzte, zu sortieren, welche Männer verheiratet und welche Männer frei und ledig hierher gekommen sind. Vielleicht ist einer unter ihnen, mit dem man tändeln, mit dem man sich geschlechtlich vereinigen könnte.

Minnas Gedanken wurden unterbrochen mit dem Ruf: die Mittagszeit ist vorbei, alle an die Arbeit.

Zur Kaffeezeit am Nachmittag gab es zur Stärkung noch ein Stück Streuselkuchen und eine Tasse Kaffee, und dann wurde bis zum Feierabend weiter gearbeitet. Endlich war Schluss mit der Schufterei und die Schnitter strebten ihrer Kaserne entgegen, die Dorfbewohner gingen in ihre Wohnung an die notwendige Hausarbeit.

Minna hatte ihre Kinder und ihren Mann zu versorgen, Abendessen auf den Tisch zu bringen. Sie war an diesem Abend mit ihrer Körperkraft am Ende und, wie man so sagt, hundemüde und ging zu ihrem Bett, ließ sich sinken und schlief sofort ein, ohne noch einen Gedanken an einen Mann zu haben. Ihr Albert war auch in tiefem Schlaf versunken.

Viel zu schnell verging die Nacht und um 4 Uhr 30 musste Minna wieder raus aus ihrem Bett, die Nacht war für sie zu Ende. Vor ihrem Arbeitsbeginn mussten die Kinder und Albert versorgt, Frühstück und Mittagessen hergerichtet werden, die Wohnung sauber gemacht, und jede Frau, die arbeiten geht, weiß, was es vorher alles Notwendige zu tun gibt. Es ist an der Zeit, Minna muss los, um pünktlich auf dem Getreidefeld zu sein. Auf dem Weg dahin einige Gedanken zu ihren Liebesleben. Minna kalkuliert, wenn ich nicht unter den Schnittern einen Liebhaber finde, werde ich nicht mehr das süße Gefühl eines Beischlafs erleben, wird meine Klitoris eintrocknen.

Aber vorsichtig muss ich sein, denkt Minna. Es darf kein Angeber und Schwätzer sein, den ich an mich heran lasse. Minna sagte sie zu sich selbst, heute musst du genauer hingucken auf die Männer.

Sie war auf dem Feld eingetroffen und sagte «Guten Morgen» und es wurde von den schon Eingetroffenen geantwortet «Guten Morgen.» Auch die polnischen Männer sprachen in deutscher Sprache, denn das war Bedingung für ihren Arbeitseinsatz in Deutschland. Der Arbeitsablauf begann wie am Vortag. In den Trinkpausen, beim Frühstück und in der Mittagspause kamen sich die Männer und Frauen etwas näher, sprachen zusammen. Die Frauen fragten die Männer, wo sie in Polen wohnen oder von wo sie herkommen, Männer die schon öfters als Schnitter hier waren, werden gefragt, was ihre Frauen und Kinder so machen, ob sie gesund sind und so weiter. Auch Minna mischt sich in die Gespräche und fragt dieses und jenes. Neben Ehemännern, die ihren Frauen treu sind und sich ohne einen Beischlaf tapfer halten wollen, schrecken andere vor einem Fremdgehen zurück, da sie Angst haben, ihre Ehefrauen lassen ihren Mann auf Liebelei beobachten und dann geht die Ehe in die Brüche.

Neben Ehemännern sind auch Junggesellen als Schnitter gekommen und wollen hier arbeiten und sich Geld verdienen. Diese Männer denken schon ab und zu an Frauen, haben aber noch keine festen Absichten. Einer unter diesen unbeweibten Männern ist Stanislaus. Er ist schon 30 Jahre alt, hat jedoch mit keiner Frau geschlafen. Er ist ein Spätzünder oder wie man so sagt, noch ein Junggeselle. Also, dieser Mann war noch frei und ledig, sehr schüchtern.

Nun hier auf dem Acker sieht er unterhalb der hoch geschürzten Röcke die prallen Oberschenkel der Frauen und ihre Brüste herauslugen. Da könnte man schon Lust bekommen, eine Bekanntschaft zu machen und einen Schenkel zu streicheln. An mehr traute sich Stanislaus nicht zu denken, denn bisher hatte er keinen Mut gehabt, sich an eine Frau heran zu machen. Er schämte sich bei den Gedanken, dass eine Frau sein Glied sehen oder sogar daran anfassen würde. Seine Gedanken gehen aber weiter, dass es doch einmal geschehen muss, dass er doch einmal erfahren muss, wie das ist, neben oder auf einer Frau zu liegen. Ach, er war in Liebesdingen noch so unerfahren und konnte sich gar nicht vorstellen, wie eine Frau unterhalb des Bauchnabels aussieht.

Was unter seinem Nabel gewachsen ist, weiß er. Er hat ja sein Ding da unten des Öfteren am Tage in der Hand, wenn er sein Wasser ablassen muss. Und während der Nacht merkt er öfters eine Erektion seines Gliedes, eine Vergrößerung in Länge und Stärke und ein schönes Gefühl, er weiß nicht, wie und weshalb. Und wenn er dann uriniert hat, ist sein Lümmel wieder ein kleiner Wurm.

Aber nun auf dem Feld am helllichten Tag, wo er die halbnackten Mädchen und Frauen sieht und sie eingehend betrachtet und an Dinge denkt, die da so kommen, verspürt er plötzlich in seiner Hose, wie sein Würmeling sich versteift und größer wird. Verdammt, dachte er, bloß nicht jetzt und hier vor den Augen der Frauen. Es könnte eine Frau sehen, dass sich in meiner Hose eine Ausbuchtung, eine Wölbung ergeben hat, dass ich ein steifes Glied bekommen habe. Hoffentlich hat das niemand gesehen. Aber Minna hat das Malheur bei Stanislaus gesehen und gedacht, dieser Jüngling könnte es sein, den ich zum Liebhaber nehmen könnte. Er sieht gut aus, hat eine kräftige Gestalt und in seiner Hose hat er was zu stecken, was groß und hart werden kann. Der könnte mich bestimmt befriedigen. Einen Ehering hat sie an seiner Hand nicht gesehen und so wird er unverheiratet sein. Der Feierabend rückte heran und Minna, die aufgegeilt war, versuchte, noch heute Abend mit Stanislaus zusammen zu treffen, denn die kurze Zeit der Ernte musste genutzt werden. Ein Augenblick war günstig. Minna konnte unbemerkt an Stanislaus herantreten und flüsterte ihm zu: «Komm bitte heute Abend, um 22 Uhr zur Wiese hinter meinem Wohnhaus, ich muss dir etwas erzählen. Ich wohne im Wiesenweg Nr. 22. Hast du verstanden?»

Stanislaus hatte nichts verstanden, er sagte aber: «Ich komme.» Minna und die anderen hatten Feierabend und jeder ging seines Weges. Wie üblich machte Minna ihre Hausarbeit, richtete das Abendbrot, versorgte die Kinder, wusch sie, sofern sie noch klein waren, und alle vier Kinder gingen ins Bett. Albert war abgearbeitet, kaputt und sagt: «Ich bin hundmüde und lege mich hin.» Minna antwortet: «Ist gut, mach das. Wenn ich die Flick- und Stopfarbeiten an der Kinderkleidung fertig

habe, komme ich nach. Gute Nacht, Albert.» Minna legte das Stopf-
und Flickzeug und die kaputte Kleidung auf dem Küchentisch bereit.
Anstatt zu nähen, dachte Minna, das nicht zu tun, sondern sie dachte
an ihren Körper, an totale Körperpflege, an Verführung.

Minna zog sich splitternackt aus, bewunderte ihre noch straffe Figur
im Spiegel und sagte zu sich selbst, habe ich nicht einen geilen, verlo-
ckenden Körper. Sie dachte, ich muss mich beeilen und wusch ihren
Körper von oben bis unten mit wohlduftender Seife ab. Ein Spritzer
Kölnisch Wasser kam an ihre Schamhaare, sodass es da schön duftete.
Ein zum Treffen passendes Kleid, im unteren Teil weitläufig genäht,
hatte sie schon bereit gelegt, und streifte es sich schnell über ihren schönen Körper. Einen BH zog sie nicht an, ihr Busen war noch stramm
aufgerichtet und einen Schlüpfer zog sie auch nicht an. Wozu? Minna
hatte sich voll einsatzbereit gemacht. Ah, sagte Minna, es darf nichts
schief gehen. Ich bin liebeshungrig und erwarte heute eine Entspan-
nung in meiner überreizten Vagina. Es ist spät geworden, nun muss
ich mich sputen, dass ich zum Stelldichein komme, sonst verpasse ich
den Stanislaus, indem er nicht länger wartet. Als Minna mit kurzem
Atem am Treffpunkt eintraf, wartete Stanislaus schon am Rand der
Wiese und war gespannt darauf, was Minna ihm erzählen will. «Da
bist du ja», sagte Minna, «komm, setz dich doch auf das weiche Gras.»
Sie setzt sich neben ihn, schaute in seine Augen und flüsterte ihm ins
Ohr: «Ich liebe dich.» Dann kam ihre Frage: «Mit wie viel Frauen hast
du schon geschlafen?» Stanislaus blieb wortlos. «Nun, antworte doch»,
sagte Minna, «du kannst es mir doch sagen. Sind es so viele, dass du es
nicht mehr weißt, wie viel es sind?» Schamhaft sagte Stanislaus: «Ich
habe bisher mit keinem Mädchen oder einer Frau geschlafen, ist das
schlimm?» «Nein», sagte Minna, «das ist nicht tragisch.» Im Stillen
dachte sie, oh je, das kann ja heute Abend noch etwas werden. Er ist ja
noch ein Lehrling und ich muss seine Meisterin sein. Hoffentlich läuft
er nicht weg, wenn ich zur Sache komme. Minna sagte zu Stanislaus:
«Komm, leg dich lang ins Gras», und auch sie legte sich neben ihn. Nun

ging Minna zum Angriff über und küsste Stanislaus auf den Mund und steckte ihre Zunge in seinem Mund und machte ihm einen schönen Zungenkuss. Stanislaus erwiderte ihren Kuss. Nun führte Minna ihre Hand an seinen Hosenschlitz und öffnete alle Knöpfe, und ihre Hand griff hinein in seine Hose und fand sein bestes Stück, welches bereits erigiert war. «Ah», stöhnte Minna vor Lust und massierte ihn, dass er ganz hart wurde. Dann griff sie an seinen darunter hängenden Beutel und spürte, dass dieser prall angeschwollen war und beide, Säckchen und Glied auf eine folgende Liebe vorbereitet waren. Minna, wusste nun, dass ihr werdender Liebhaber alles hatte, was eine Frau zum Liebemachen wünscht.

Stanislaus genoss die Liebkosung von Minna und ließ es sich gefallen, machte jedoch keine Anstalt, bei Minna in Aktion zu treten. Deshalb nahm sie seine Hand und führte diese unter ihr Kleid auf ihren Oberschenkel. Er aber ließ seine Hand dort still ruhen. Minna wurde unruhig. Sie sagte: «Mach doch was mit deiner Hand und schlaf nicht ein.» Sie flüsterte: «Wir können doch nicht die ganze Nacht hier tatenlos herum liegen, ich will von dir was rein gesteckt haben.»

Sie nahm seine Hand und führte diese an ihr Lustorgan und sagte: «Streichele mein Liebesorgan, mach mich scharf und nass und wollüstig. Wenn ich unten trocken bleibe, geht es nicht.» Mein Gott, dachte Minna, ist der Jüngling aber unbeholfen, ob es heute noch mit ihm zum Beischlaf kommt? Minna sagte nun zu Stanislaus: «Hör mit dem Streicheln auf, zieh dein Hemd, deine Hose und die Unterhose aus und wir kommen bald zur Sache.» Stanislaus gehorchte und stand nun nackt vor Minna mit seinem steifen Glied und schämte sich.

«Nun will ich dir zeigen», sagte sie, «wie eine Frau unten herum zwischen ihren Oberschenkeln auszieht», und zog ihr Kleid nach Anheben ihres Hinterns hinauf bis an ihr Kinn und lag nun, wie sie Gott geschaffen hatte, in voller Nacktheit vor Stanislaus und ließ ihren Garten der Gelüste bestaunen.

Minna winkelte ihre Knie nach oben und zog ihre Füße an ihren

Hintern heran, spreizte ihre Oberschenkel, sodass Minna nun aufnahmebereit war.

«Nun komm schon», sagte sie zu Stanislaus, «knie vor mich hin.» Sie fasste an seinen Penis und führte diesen in ihre Spalte hinein. Minna sagte: «Nicht einschlafen, du musste dein Glied hinein schieben und zurückziehen und wieder vor und zurück, immer so weiter. Du hast es doch schon bei einem Hengst gesehen, wie er es bei einer Stute macht.»

«Ah» und «Oh» sagte Minna, «so machst du es mir schön, ich bin richtig geil geworden, du auch?» Minna sagte: «Rammele mich schneller, stoße deinen bis ans Ende hinein. Schneller, noch schneller.» Minna sagte nun zu Stanislaus: «Wenn das vordere Ende deines Gliedes, die Eichel, anfängt zu jucken, musst du deinen Penis eilig aus meiner Schnecke herausziehen und deinen Samen ins Gras abspritzen. Wenn du in meine Muschi spritzt, kriege ich ein Kind. Wie weit bist du, kommt es bald?» Stanislaus antwortet: «Ich weiß es nicht, ich weiß doch nicht, wie das ist, das Abspritzen!» «Zieh ihn raus», sagte Minna, «ich hatte eine schöne Befriedigung.» Stanislaus zog ihn heraus und sein Ding fiel bald zu einem Wurm zusammen. «Das war es», sagte Minna. «Ich hoffe, dass dir das Liebe machen mit mir gefallen hat. Wenn du wieder Lust darauf hast mich wie heute zu lieben, musst du es mir sagen. Ich mache es gern mit dir und habe immer Lust darauf. Du weißt ja jetzt, wie es gemacht wird. Du darfst aber mit niemand darüber sprechen, dass du es mit mir machst. Dann musst du sofort zurück nach Polen. Kannst du schweigen?», fragt Minna und Stanislaus sagt: «Ich schweige und freue mich auf das Liebe machen.»

Minna sagte noch: «Um meinen Mann brauchst du dir keine Sorgen zu machen. Er kann mich nicht mehr besteigen und lieben, er ist impotent, eine taube Nuss, kriegt keinen mehr hoch.»

Nachdem sich Stanislaus angezogen hat, küssten sich beide zum Abschied und jeder strebte in seine Wohnung und legte sich zum Schlafen ins Bett. Stanislaus dachte vor dem Einschlafen, endlich bin ich ein potenter Mann, und Minna dachte, dieser Liebesakt war sehr schön und ich bin ausnahmslos befriedigt. Minna und Stanislaus trieben es zwei Monate miteinander und es war für die beiden eine schöne Zeit der heimlichen Liebesnächte. Zu dieser Zeit der Kartoffelernte in dem Bördedorf in den Monaten September/Oktober, wo Stanislaus noch auf dem Gut arbeitete, machte sich das Malheur der ersten Liebesnacht, des Samenabgangs in den Leib der Minna bemerkbar. Minna bekam ihre Regel nicht mehr, die monatlichen Blutungen sind ausgefallen. Minna war schwanger, sie trug ein Kind von Stanislaus unter ihrem Herzen. Was nun tun? Das Kind abtreiben wollte Minna nicht, denn im Krankenhaus wurde zu damaliger Zeit so etwas nicht gemacht. Und einer sogenannten Engelmacherin wollte Minna sich nicht anvertrauen, eine Pfuscherei führte oft durch Blutvergiftung zum Tod einer Schwangeren. Minna wollte noch nicht sterben, sondern das Kind einer verbotenen Liebe austragen.

Im Dorf bei ihrem Mann zu verbleiben und das Kind austragen, zu entbinden, war unmöglich, denn das halbe Dorf wusste inzwischen, dass Albert, der Ehemann zeugungsunfähig geworden war. Bei einer Entbindung eines Kindes wäre Minna gebrandmarkt, entehrt und verstoßen worden. Es herrschten damals harte Sitten in solchen Dingen. Wenn Albert es auch hingenommen hätte, was geschehen ist, und das Kind unter seinem Dach gewährt haben würde, so wollte Minna nicht in Unehre im Dorf leben. Es muss betrachtet werden, dass aus den ersten geschlechtlichen Beziehungen zwischen Minna und Stanislaus mit der Zeit ein echtes Liebesverhältnis geworden ist und die beiden sich im Alter angleichen. Dazu kam, dass Albert zehn Jahre älter als Minna und impotent war. Minna war sozusagen noch scharf auf einen potenten Mann und war bei Albert eine Nonne.

Was lag näher, das Stanislaus nach Ablauf seiner Arbeitserlaubnis nach Polen zurück musste und Minna anbot, sie in seine Heimat mitzunehmen und dort mit Minna mit dem zu erwartenden Kind eine Familie zu gründen, für Minna und das Kind zu sorgen. Es war für Minna schmerzlich, ihre vier Kinder in Deutschland zurück zu lassen, ging sie ohne die Kinder, verblieben sie wenigsten bei ihrem Vater. Es war im Übrigen nicht zu erwarten gewesen, dass Stanislaus die vier fremden Kinder mit ernähren konnte. Sorge von Minna war es, das unter ihrem Herzen wachsende Kind auszutragen und für das kommende Kind war es das Beste, abseits von der Tragöde im Bördedorf in das ferne Land zu reisen, dort zu leben, das Kind zu gebären und aufzuziehen. Es würde nicht einfach und ein Wagnis sein, aber mit der Liebe von Stanislaus wird es schon gelingen. Minna dachte, jeder ist sich Selbst der Nächste, und nach langer Bedenkzeit sagte sie zu sich selbst: ich muss es tun, ich kann nicht anders.

Zwischen Stanislaus und Minna war alles besprochen, das Hin und Her und die Zukunft beleuchtet. Einen Tag vor der Abreise von Stanislaus fuhr Minna, mit dem Notwendigsten in ihrem Koffer versehen, über Oschersleben, Magdeburg nach Berlin, übernachtete dort bis zum nächsten Tag und wartete auf ihren Stanislaus, und nachdem er eingetroffen war, fuhren beide gemeinsam mit der Eisenbahn in die Heimat von Stanislaus, in die Nähe von Posen.

Albert, der Ehemann von Minna fiel aus allen Wolken, als er feststellte, dass Minna nicht mehr da war, dass sie verschwunden, einfach weg war. Ein schwerer Schock für Albert, für die Kinder, die Nachbarn. Ermordet, gestorben konnte Minna nicht sein, denn ein Koffer, Minnas Unter- und Oberwäsche, die Schuhe waren nicht mehr im Schrank. En Toter braucht keine Kleidung und keinen Koffer. Minna musste also verreist sein, wohin, wurde seinerzeit nicht ermittelt. Für Albert war es damals zwecklos, eine Scheidung zu beantragen, da der Aufenthaltsort seiner Ehefrau nicht bekannt war, sie galt als vermisst.

Minna, seine Ehefrau, die getürmt war, wollte keine Scheidung, um ihren Aufenthaltsort nicht bekannt zu geben. So blieben Albert und Minna ein getrennt lebendes Ehepaar.

Albert blieb also allein mit seinen vier Kindern von zwei bis zehn Jahren und Minna lebte mit ihrem Geliebten, ihrem Lebenspartner, in so genannter wilder Ehe. Im Monat Mai 1933 kam das zu erwartende Ereignis, Minna gebar einen gesunden Sohn, den sie Kasimir nannte, der katholisch getauft wurde und Minnas Familiennamen trug.

Albert im Bördedorf war Vater eines fünften Kindes geworden, ohne sich dazu zu bemühen oder anstrengen zu müssen, jedoch seinen Sohn nicht kannte, nein, nichts davon erfuhr. Man sieht, es gibt Sachen, die es gar nicht geben kann.

ENDE DES ERSTEN KAPITELS

ZWEITES KAPITEL

In Polen lebten nun der tatsächliche Vater Stanislaus, seine Gefährtin Minna und ihr beider gemeinsamer Sohn Kasimir in eigener Wohnung, in Zufrieden- und Geborgenheit.

Stanislaus hatte eine feste Arbeit gefunden und verdiente das Geld zum Unterhalt der Familie, Minna blieb zu Hause und zog den Sohn Kasimir auf, behütete ihn. Minna war bestrebt, die polnische Sprache zu sprechen, zu verstehen und mit dem Sohn in den Sprachen Deutsch und Polnisch sprechen zu können. Minna war es klar, dass sie und der Sohn ohne polnische Sprache Fremde bleiben würden.

Sonntags ging die Familie, Stanislaus und Minna, in den Gottesdienst der katholischen Kirsche, sodass sich Minna auch hier anpasste und keine Fremde sein wollte.

In den Abendstunden, wenn sie im Bett lag, gingen ihre Gedanken oftmals in ihr Heimatdorf in die Börde zurück und ihr gingen ihre vier Kinder, die sie zurückgelassen hatte, nicht aus dem Kopf. Sie dachte, was machen die Kinder, sind sie gesund, lernen sie in der Schule? Sie hatte keine Gedanken daran, ob ihr Mann gesund sei, die Kinder behüten und sie aufziehen würde, er noch lebte, die Kinder Halbweisen oder Waisen sind, denn sie war auf eigenen Wunsch aus dem Gesichtskreis der Kinder verschwunden, man kann und muss dazu sagen, gestorben.

Die Jahre gingen dahin und der Sohn Kasimir war sechs Lenze alt und schulpflichtig geworden und nach polnischer Sitte eingeschult worden.

Es kam der erste September 1939 und ein Aufschrei ging durch ganz Polen. Deutschland, an der Spitze Hitler, im ersten Weltkrieg kleiner Gefreiter, jetzt im dritten Reich, unter Führung der Nationalsozialistischen Partei Deutschlands Führer der Partei und in der Staatsführung Reichskanzler, hatte dem Staat Polen den Krieg erklärt und den Anfang mit der Beschießung der unter polnischer Militärverwaltung stehenden Westerplatte bei Danzig begonnen.

Über die Westgrenze Polens erhielten die deutschen Truppen den Einmarschbefehl, die Grenze gewaltsam zu überschreiten, einzumarschieren und ohne Rücksicht auf Verluste, Polen im Blitzkrieg zu überrollen und zu besetzen. Die Truppen der Sowjetunion erhielten von Stalin den Befehl, die Ostgrenze von Polen anzugreifen und gen Westen polnisches Staatsgebiet zu erobern.

Polen, nunmehr in die Zange genommen, war innerhalb von drei Wochen schachmatt, unterworfen und besiegt.

Die Russen behielten das von ihnen besetzte Staatsgebiet, die Deutschen den von ihnen besetzte Teil Polens.

Das Wohngebiet von Stanislaus, Minna und Kasimir wurde durch deutsche Truppen besetzt. Die Familie verhielt sich ruhig unter der Besatzung. Und da Minna schon seit 1932 in Polen lebte, war dieses Wohnen in Polen nichts Ungewöhnliches, denn vor 1918 wohnten dort schon viele Deutsche.

Der von Hitler angezettelte Krieg gegen Polen dehnte sich bald, mit Ausnahme von Schweden, Spanien und der Schweiz, auf ganz Europa aus. Am 22. Juni 1941 ließ Hitler die Sowjetunion angreifen und am 11. Dezember 1941 erklärte Hitler den USA den Krieg.

Ein großer Feuerbrand, ein zweiter Weltkrieg war in Europa entstanden. Die Deutschen standen im Norden Norwegens am Nordkap, im Süden bis vor Tobruk in Nordafrika, im Westen an den Grenzen Spaniens und im Osten bis 100 Kilometer vor Moskau, vor Leningrad (Petersburg) und halb im eroberten Stalingrad (Wolgograd). Aber auch in Asien tobte der Krieg, insbesondere durch die Japaner ausgeführt. Deutsche U-Boote versenken vor der amerikanischen Küsste Frachtschiffe in der Tiefe des Meeres. Deutschland war die von den angestrebten Nationalsozialisten angestrebte Großmacht in der Welt geworden.

Diese geschilderten Kriegsverhältnisse haben nichts mit dem Schicksal der Familie von Minna, Mann und Kind zu tun, nichts vom Zusammenleben von Stanislaus. Minna und ihr Kind Kasimir, zum Zeitpunkt der vergangenen Gegenwart oder der heutigen Vergangenheit, und doch steht diese Zeit mit der damals noch offenen Zukunft für unzählige Menschen in Verbindung.

Nach den damaligen großen Siegen der Deutschen, Japaner und ihrer Verbündeten verließ sie das Kriegsglück und wandte sich dem Glück der Verteidiger, der sich wehrenden Völker zu. Die Deutschen und ihr Anhang sind geschlagen und auf die Grenzen Deutschlands getrieben. Sie wurden zum Verteidiger nach der Landung der Alliierten vereinigten Kräfte in Frankreich. Nach dem unbeirrten harten Kampf der russischen Soldaten nach Deutschland, nach Berlin und bis an die Elbe, wo sie sich mit den Alliierten vereinigten, war Deutschland geschlagen, lag am Boden, war Deutschland der große Verlierer.

Kurz vor Kriegsende nahm sich der Brandstifter des 2. Weltkriegs und Verantwortlicher für 55 Millionen von Toten durch Kriegseinfluss, durch Tötung von Juden, Sintis, Schwulen, Behinderten und Widerstandskämpfern in Konzentrationslagern, das Leben. Der Verbrecher Adolf Hitler und seine Geliebte Eva Braun, in der Todesstunde noch verheiratet mit Hitler, töteten sich, um einer Bestrafung zu entgehen. Göbbels beseitigte sich, seine Frau und seine Kinder, Göring tötete sich nach seiner Verurteilung als Kriegsverbrecher durch den Nürnberger Prozess und verstarb durch Schlucken von Zyankali. Aber auch andere wählten den Selbstmord.

Es gab aber viele Nazis und Kriegsverbrecher, die nach Südamerika fliehen konnten und unentdeckt blieben. Schweigen wir über diese damaligen Ungereimtheiten.

Schuldige wurden zu Unschuldigen und Unschuldige wurden Schuldige. Eine schlimme Zeit begann nach dem Kriegsende, bei Friedensbeginn, für viele, nach unserer Sicht unschuldige Menschen. Es geht um die Menschen, die Deutschen, deren Vorfahren oder sie selbst ihren Wohnsitz außerhalb der Grenzen Deutschlands in Polen oder in der Tschechoslowakei hatten, zum Beispiel in Böhmen und Mähren, die noch in Oberschlesien oder im Warthegau gewohnt haben. Schlimm waren die Menschen dran, die im damaligen Deutschland, in den Ländern Ostpreußen, in Hinterpommern, in Niederschlesien gewohnt hatten. In Jalta wurde noch zu Kriegszeiten durch die Alliierten festgelegt, dass nach einer siegreichen Beendigung des Krieges diese genannten Gebiete von Deutschland abgetrennt und als Entschädigung an den Staat Polen übertragen werden. Von Ostpreußen wurde ein Teil des Landes den Sowjets zugesprochen. Der Ostteil Polens, den die Sowjets im Polenkrieg erobert hatten, verblieb der Sowjetunion. Die Staatsgrenze von Polen rückte gegenüber Deutschland an die Neiße und Oder vor. Grenzorte in Deutschland wurden Ahlbeck und Görlitz.

Dieser Beschluss der Alliierten in Jalta brachte ein schlimmes Schicksal über die Deutschen, die in den genannten deutschen Ländern oder in Polen und in der Tschechoslowakei wohnten. Millionen von Menschen verloren nach dem Ende des Krieges ihre Heimat, ihren Wohnsitz. Diese Menschen wurden ausgewiesen, vertrieben in die verbleibenden Grenzen Deutschlands, in die damalige Ostzone und in drei Westzonen, in besetzte Gebiete der Sieger, der Sowjetunion, der Amerikaner, der Franzosen und der Engländer. In der Ostzone wurden diese Leute «Heimkehrer», in den Westzonen «Flüchtlinge» genannt.

Getroffen, betroffen hat die Ausweisung alle Deutschen recht schwer. Ob sie nun Arbeiter oder Angestellte, Lehrer und Ärzte, Fabrikbesitzer, Bauern, Großbauern oder Großgrundbesitzer, Grafen und Barone waren, man kann sie gar nicht alle benennen, alle hat es betroffen, keiner konnte sich freikaufen. Sie hatten keine Heimat mehr, man kann die Heimat bei Verlust verschmerzen, es ging aber um ihr Eigentum, um Hab und Gut, um die Existenzgrundlage, sie waren alle arme Menschen geworden, die betteln mussten, die auf Gnade der in Deutschland wohnenden Menschen angewiesen waren.

Jetzt, wo nach 60 Jahren des damaligen Ereignisses der Vertreibung an die Zeit zurück gedacht wird, sind die meisten der damaligen Flüchtlinge verstorben, nur einige wissen es noch aus eigenem Erleben, eigener

Erinnerung. Im Gedenken an diese schlimme Zeit, an diese schuldlose Bestrafung dieser Menschen soll und darf diese üble Zeitspanne nicht vergessen werden. Es war und ist Unrecht gewesen. Aber ausgelöst haben die Vertreibung die Deutschen selbst, die Nazis, die Generäle, die Konzernbosse und man weiß nicht, wer alles? Einzig und allein war die Brandstiftung und die Führung des Krieges durch die Deutschen die Folge der Vertreibung, eine Bestrafung der Deutschen, nie wieder einen Krieg zu führen.

Es wird um Verzeihung gebeten, wenn diese schlimme Zeit des Krieges und die Zeit der Vertreibung in diesem Kapitel einen etwas größeren Rahmen angenommen hat. Aber unsere Heldin der damaligen Begebenheit lebte und erlebte die Zeit und war zu dieser Zeit zwischen dem 45., 46. Lebensalter angekommen. 12, 13 Jahre verlebte sie mit ihrem Liebhaber, Geliebten, Lebenspartner, Vater ihres Kindes Kasimir. Heiraten konnte sie ihn ja nicht, da sie nicht geschieden war. Es war ein Leben in Liebe und Zufriedenheit und eigentlich wollte sie bis an ihr Lebensende mit ihrem Partner zusammen bleiben, zusammen sein und dort sterben und begraben werden. Wer wünscht sich das nicht?

Nun, plötzlich war die Ausweisung der Deutschen, auch Minnas und Kasimirs, gekommen. Kein Bitten und Betteln bei der polnischen Behörde wurde erhört. Ja, wenn sie geheiratet hätte, wäre ihr die polnische Staatsangehörigkeit erteilt worden. Befehl von oben ist Befehl, und Minna musste mit ihrem Sohn den Wohnort und ihren Stanislaus verlassen.

Da die Vertreibung bis zum nächsten Sammelort zu Fuß erfolgen musste, konnten Minna und ihr dreizehnjähriger Sohn nur das mitnehmen, was sie tragen konnten. Man kann sich denken, dass es nicht viel war.

Die Trennung, der Abschied zwischen Stanislaus, Minna und Kasimir ging nicht tränenlos vonstatten, aber was sollte es, es war eine Trennung auf ewig, denn zwischen dem polnischen und dem deutschen Volk gab es keine Freundschaft und war damals auch nicht zu erwarten. Warum

Stanislaus damals nicht mit Minna und seinem Sohn mit ging nach Deutschland, wird ein Geheimnis bleiben. Vielleicht durften polnische Menschen nicht auswandern? Es war so und bleibt so. Machen wir einen Strich unter diese Beziehung und wenden wir uns Minna und Kasimir zu.

Die Ausweisung und Abschiebung der Deutschen aus Polen und den Ostgebieten schritt im Anfang, in Trecks, etappenweise statt. Im Anfang zu Fuß zu einem Lager ins nächste. So um die 40 Kilometer am Tag. Nachts wurde in einem Lager, einer Turnhalle oder in einer Scheune geschlafen. Mit einem dieser Flüchtlingszüge war Minna mit Kasimir unterwegs. In einer dieser Übernachtungsstellen wurden die Personalpapiere überprüft. In der Geburtsurkunde von Kasimir stellte man einen polnischen Vornamen, polnischen Geburtsort und einen Mann mit polnischem Namen, Stanislaus, den Vater von Kasimir, fest.

Man war im Lager nicht im Klaren, ob ein Halbpole ausgewiesen werden kann, und wollte in den nächsten Tagen hierzu Erkundigungen einziehen. Man beschied Minna, die Mutter, am nächsten Tage allein weiter zu ziehen und Kasimir bis nach der Überprüfung im Lager zu belassen. Es geschah, so wie es angeordnet war. Minna zog am Morgen mit dem Treck weiter und Kasimir blieb zurück.

An diesem Tag war Minna ohne Kasimir 40 Kilometer bis zum nächsten Lager mit den anderen Leidtragenden unterwegs. Sie grübelte immerfort, ob es richtig war, Kasimir zurückgelassen zu haben und dass sie nicht versucht hatte, ihn doch mitzunehmen.

Aber eine Schwester passte auf, dass Kasimir zurück im Lager blieb. Ihre Gedanken wurden immer trauriger und sie hatte ernsthafte Gewissensbisse. Sie dachte, blieb ihr Sohn in Polen, so steckten sie ihn in ein Heim und machten ihn zu einem polnischen Staatsbürger und sie sah ihren Sohn nie wieder.

Durch ihre Schuld hatte sie schon ihre ersten vier Kinder verloren und nun sollte ihr fünftes Kind, der Kasimir, auch noch weggenommen werden? Schon der Verlust ihres Lebenspartners war schwer, aber den

Sohn noch zu verlieren, konnte sie nicht ertragen. Dann war sie für ewig allein, allein, allein.

Im Nachtlager schlief sie nur fünf Stunden und dann machte sich Minna in tiefer Nacht auf den Weg, um die 40 Kilometer zurück zu laufen, wo Kasimir verbleiben musste. Allein braucht sie eine längere Gehzeit, aber am Nachmittag war sie im alten Lager angekommen. Da neue Flüchtlinge angekommen waren, fiel sie nicht auf und nach einigem heimlichen Suchen fand sie ihren Kasimir. Beide verbrachten gemeinsam die Nacht im Lager. Am nächsten Morgen, wo die Kolonne aufbrach, schmuggelte sich Kasimir in Deckung aus dem Lager heraus, und beide, Mutter wie Sohn, strebten dem nächsten Ort, zu. Eine Nacht noch schliefen sie dort, und am nächsten Tag waren nur noch 20 Kilometer zu laufen und sie erreichten den Zug, der sie nach Deutschland bringen sollte.

ENDE DES ZWEITEN KAPITELS

DRITTES KAPITEL

Es war keine angenehme Reise in dem bereitgestellten Güterzug, der die Flüchtlinge nach Deutschland brachte. Es blieb unbekannt, ob die Endstation ihrer Fahrt in der Ostzone oder in einer der drei Westzonen sein würde. Ratata, die Räder rollten bei Tag und in der Nacht über die Gleise. Manchmal blieb der Zug stundenweise stehen, um auf eine Toilette gehen zu können, um sich zu waschen oder Esswaren an Bord zu nehmen. Stumpfsinnig waren die Menschen dieses Zuges geworden, ein großes Schweigen war eingetreten.

Ein längeres Halten des Zuges an der neuen Polnisch-Deutschen Grenzstation in Frankfurt/Oder, und dann war das ehemalige Großdeutschland, jetzt ein in vier Zonen geteiltes Land mit großen Landverlusten, erreicht. Der Zug fuhr weiter bis nach Berlin, und hier wurde entschieden, die ankommenden Flüchtlinge verbleiben in der sowjetisch besetzten Zone, in Ostdeutschland.

Der Zug wurde nicht lange zurück gehalten und weiter ging es in das Elbe-Havelland, in die Provinz Sachsen-Anhalt.

Minna bekam mit ihrem Kasimir in einem Dorf in der Nähe der Elbe in einem Bauernhaus ein Zimmer zugewiesen und hatte sozusagen eine neue Heimat erhalten. Wenn sie mit dem Güterzug 100 Kilometer weiter transportiert worden wäre, hätte Minna ihr Heimatdorf hinter Oschersleben erreicht. Bei der Ankunft in ihrem neuen Wohnort wusste Minna von diesen Entfernungen nichts, denn der neue Landstrich, in dem sie nun wohnte, war ihr völlig unbekannt. Es war ihr auch egal. Der erste Gedanke war, erst einmal schlafen, ausschlafen.

Minna hatte mit ihrem Kasimir Glück gehabt, es waren noch Möbel von den Urgroßeltern des Bauern vorhanden, und so hatte man die Stube der Minna mit antiken Möbeln hergerichtet.

Mit dem Ausschlafen von Minna und Kasimir war es nicht groß etwas. Die Nacht musste dafür ausreichen. Am Tage hieß es, sich auf dem

Gemeindeamt anzumelden, Lebensmittelkarten zu beziehen, Fürsorge-unterstützung zu beantragen, Kasimir in die Schule anzumelden, rum-zuhören, ob man bei einem Bauern arbeiten könnte, und sich zusätzlich Lebensmittel zu beschaffen. Im Wald mussten Reisig, abgestorbene Äste oder sonst etwas Brennbares aufgesammelt werden, um Feuer unter dem Herd zu machen oder für den Winter Brennholz für den Kachelofen zu bevorraten. Kasimir war nun 13 Jahre alt. Aber mit einem Schulan-schluss an die 6. Klasse in seiner Heimatschule in Polen war nicht zu denken. Man steckte ihn erst einmal in die 5. Klasse und da haperte es schon. Kasimir konnte wohl deutsch sprechen, aber zu Hause in der Schule war mündlich und schriftlich Polnisch angesagt. Und dann waren die Unterrichtsfächer verschieden angelegt. Man versuchte in der Schule, Kasimir und den anderen angekommenen Umsiedlerkindern, wie man die Flüchtlinge in der Ost-Zone nannte, in der ersten Zeit hauptsächlich in Sprache und Wort Deutsch beizubringen. Da zu da-maliger Zeit in den deutschen Dorfschulen die Schulzeit nur acht Jahre betrug, beendete sich die Schulzeit im Jahr 1948. Kasimir war nun 15 Jahre alt und hatte das Ziel der 6. deutschen Klasse erreicht.

Wie man sich denken kann, hatte Kasimir mit diesem Schulabschluss keine Vorraussetzungen, eine Lehrstelle zu finden. Zwischenzeitlich sollte noch erwähnt werden, dass Kasimir von seiner Mutter nach ihrer Ankunft im neuen Wohnort in Deutschland nicht mehr mit dem Vor-namen Kasimir gerufen wurde, sondern mit einem seiner Vornamen, und zwar Ernst, gerufen und genannt wurde. Hiermit wollte Minna seine polnische Herkunft nicht aufkommen lassen, denn der Vorname Kasimir war in Deutschland unüblich.

Nun zu Ernst nach der Schulentlassung zurückkommend, soll er-wähnt werden, dass er durch Fürsprache eines Anwohners in einem Nahrungsgüterbetrieb als Hof- und Hallenarbeiter eine Beschäftigung gefunden hat. Seine Mutter hat in den Jahren nach ihrer Ankunft An-schluss gefunden und war bei verschiedenen Bauern im Ort als Hilfs-kraft in der Landwirtschaft tätig.

Die Zeit ging ins Land und die Menschen auch älter. Ernst ging auf die 23 und seine Mutter auf die 56 Jahre zu. Wenn sich auch die Wohnverhältnisse der beiden verbessert haben, sie hatten nun eine Kleinwohnung, so wollte sich Ernst nicht damit abfinden, immer auf einem Dorf wohnen zu bleiben. Auch für Minna war es beschwerlich, zum katholischen Gottesdienst in die benachbarte Kleinstadt zu Fuß zu gehen, Bahnverbindung gab es keine, ein Busverkehr war damals undenkbar. Und Radfahren konnte Minna auch nicht. Auch größere Einkäufe waren auf dem Dorf nicht möglich. Der Zufall brachte eine Wende. Eine alleinstehende Frau mit einer Wohnung mit vier Räumen wollte in das bewusste Dorf ziehen und suchte eine Tauschwohnung gegen ihre Stadtwohnung. Minna erfuhr von diesem beabsichtigten Wohnungstausch und die beiden Frauen wurden sich einig und tauschten ihre Wohnungen.

Nicht nur Minna war durch den Wohnungstausch erfreut, sondern auch ihr Sohn Ernst. Er brauchte nun nicht mehr mit dem Fahrrad sieben Kilometer zur Arbeit zu fahren, sondern nur noch zwei Kilometer. Nun, die Tauschwohnung war etwas herunter gekommen. Wegen Materialmangels war es damals zehn Jahre nach dem Krieg in der inzwischen gegründeten Deutschen Demokratischen Republik, der damaligen sowjetisch besetzten Zone, oder wie man so sagte, Ostdeutschland, noch so.

Ernst war handwerklich begabt und änderte die Mängel, die er abwenden konnte.

Beide, Mutter und Sohn, hatten sich bald in ihrer neuen Wohnung eingelebt und waren mit sich und der Welt zufrieden. Ihre Nachbarn waren verträgliche Leute und gaben einen Rat, wenn es notwendig war. Nun, in diesem Landstrich, wo die beiden Flüchtlinge eine neue Heimat gefunden hatten, waren die Leute evangelischen Glaubens, man kann eher atheistisch sagen, denn in ihrer evangelischen Kirche nahmen sie an keinem Gottesdienst teil. In dieser Kleinstadt hielten die Menschen es so, wie es vor einigen Jahrhunderten ihr damaliger König Friedrich der Große gesagt hat: Jeder soll nach seiner Fasson selig werden.

Anders unsere beiden zugezogenen Nachbarn. Sie waren streng gläubige Katholiken und besuchten jeden Gottesdienst, ob sonntags, feiertags oder zu anderen kirchlichen Höhepunkten. Das kümmerte niemanden in der Nachbarschaft und sie ließen die Leute deswegen in Ruhe.

Man konnte damals sagen, die Beziehung zwischen Mutter und Sohn waren bestens, ohne Tadel. Ernst hatte mittlerweile in einem anderen Betrieb eine besser bezahlte Arbeit gefunden und weil er nicht unbegabt war, arbeitete er sich vom Anlernling zum Gesellen hinauf und verdiente einen höheren Lohn und konnte die Wohnung seiner Mutter weiter modernisieren. Mehr Geld in der Tasche hieß auch, sich mehr leisten zu können. Es war die Zeit, wo sich Ernst nach den Mädchen umdrehte und schließlich im kirchlichen Umkreis, in einer etwas entfernten Gemeinde, ein Mädchen gefunden hat, an dem Ernst Interesse hatte und zu lieben begann und ihre Blicke seine Gedanken bestärkten, dass auch das Mädchen Gefallen an ihm hatte und auch begann, Ernst zu lieben. Beide trafen sich oft, küssten sich auch des Öfteren, lebten bis zu ihrer Verlobung keusch miteinander. Ob sich mehr bis zu ihrer Hochzeit ergab, blieb unbekannt. Die Eheschließung war vollzogen und die Braut, nein, nun seine Ehefrau, zog zu Ernst in die Wohnung seiner Mutter, zu ihrer Schwiegermutter.

Nun wurde das Schlafen in einer Dreizimmerwohnung beengt. Aber zwei junge verheiratete Leute haben in einem Bett genügend Platz um sich lieb zu haben und zu schlafen. Es gab die Möglichkeit, eine Kammer anzumieten und so gab es zum Wohnen mehr Platz. Die junge Ehefrau fand in ihrem neuen Wohnort Arbeit und so hatte das Ehepaar sein Auskommen. Die Miete der gesamten Wohnung bezahlte Ernst.

Zur damaligen Zeit war das Dreierverhältnis zwischen Mutter, Sohn und Schwiegertochter in bester Ordnung und es schien alles zum Besten zu gedeihen. Anderseits gibt es auch ein Sprichwort: Alt bei alt und jung bei jung. Es soll nicht geunkt werden, aber Tatsache ist, dass Anfang der Siebzigerjahre erste Unstimmigkeiten zwischen Jung und Alt auftraten.

Die jungen Leute hatten öfters Besuch von auch jungen Ehepaaren. Sie feierten Geburtstag oder hatten andere Gründe zu ihren Feiern.

Anfangs war die Mutter dabei, später wurde es jedoch lästig, wenn sie ihre Nase in alles hinein stecken wollte, oder sei es, alles zu hören, was da so gesprochen wurde. Ob es Wünsche von Gästen zur Abwesenheit der Mutter gegeben hat, man weiß es nicht. Es kam zu Verstimmungen bei der Mutter, wenn sie nicht mehr dabei sein sollte und sie in ihrer Schlafkammer verbleiben musste.

Dann, Mitte der Siebzigerjahre platzt ein Ereignis ins Haus, welches den Sohn und die Schwiegertochter von Minna schockierte und erschütterte. An einem Vormittag läutete es an der Wohnungsklingel und ein unbekannter Besucher bat um Einlass. Minna öffnete die Haustür und vor ihr stand ein Mann von etwa 50 Jahren. «Was wünschen Sie», fragte Minna, nun um die 75 Jahre alt geworden.

Der Mann fragte: «Mutter bist du es? Ich bin Hermann, dein zweitältester Sohn aus ...».

Minna verschlug es die Sprache. Sie hatte diesen Sohn das letzte Mal gesehen, als er sieben Jahre alt war. «Junge», sagte Minna, «komm in meine Wohnung.»

Sie fragte: «Wie hast du mich gefunden?» Er sagte: «Ich habe dich durch das Deutsche Rote Kreuz suchen lassen und endlich gefunden.» Es gab keine Vorwürfe und kein Wenn und Aber über das damalige Tun der Minna, und es gab viel, viel zu erzählen. Es wurde später Nachmittag und der Sohn Ernst, der Halbbruder, war nach Hause gekommen. Er war sprachlos über dass Erscheinen eines Halbbruders, von dem er nichts wusste, seine Mutter hat ihm davon nichts erzählt. Ernst verließ umgehend die Wohnung und begab sich in seinen privaten Werkstattraum.

Minnas Sohn verabschiedete sich dann von seiner Mutter und versprach wieder zu kommen. Er gebe vorher Bescheid, sagte er.

Ernst verblieb in seinem Werkraum, wo auch die Fahrräder ihren Aufenthalt hatten und wartete auf seine Frau, die erst nach 18 Uhr nach Hause kam, da sie so lange arbeiten musste.

Es ist klar, dass auch die Schwiegertochter aus allen Wolken fiel, als sie von diesem Besuch hörte, denn wie man sich denken kann, war auch sie über das Vorleben ihrer Schwiegermutter in Unkenntnis. Es war unfassbar, so eine gläubige Frau, Ehebruch in jungen Jahren, den Ehemann und ihre vier Kinder verlassen, mit einem jungen polnischen Burschen Geschlechtsverkehr ausüben und aus dieser Liebelei einen Sohn zu gebären, der jetzt, Ernst, ihr Ehemann ist, nicht auszudenken, unerklärlich. Ernst und seine Ehefrau Charlotte gingen in ihre Wohnung. Was sollten sie auch tun. Was für Gespräche sie über die Mutter von Ernst geführt haben, ist nicht verlautet. Bestimmt keine angenehmen. Die Beziehungen zwischen jung und alt verhärteten sich. Es wurde kaum noch miteinander gesprochen. Nach einigen Wochen besuchte der Sohn Hermann ein zweites Mal seine Mutter. Er blieb nicht so lange bei seiner Mutter, um nicht seinem Halbbruder Ernst zu begegnen. Irgendwie wurde dieser Besuch in der Kleinstadt auch bekannt, und es sprach sich herum, dass der Vater von Ernst ein Pole ist und seine Mutter fremd gegangen war und sie ihren Mann und ihre vier Kinder wegen diesem Liebhaber verlassen hat. Was für eine Schande für die Schwiegertochter Charlotte. Die Freunde und Bekannten von Ernst und Charlotte waren schockiert über diese Familienverhältnisse. Diese Bekannten kamen nicht mehr zu Besuch, wollten dieser Frau Minna nicht mehr begegnen. Eine Mauer des Schweigens baute sich auf.

Sohn Hermann aus Minnas Ehe kam ein drittes Mal zu Besuch. Er wollte eine Verbindung herstellen zwischen seiner Mutter und seinen Geschwistern, deren Frauen oder Ehemännern und deren Kindern, dass heißt, zwischen Großmutter und Enkel.

Diesen dritten Besuch hätte Hermann lieber unterlassen sollen. Der brachte das Blut von Ernst und Charlotte in Wallung, zumal dieser Besuch sich wieder herum sprach und den Bewohnern des Hauses, den Nachbarn, bekannt wurde.

Hermann ahnte nicht, was für Hassgefühle er bei seiner Schwägerin

Charlotte auslöste. Die Schwiegermutter eine Buhlerin, eine Ehebrecherin. Ernst konnte für seine Geburt nichts, ein unschuldiges Kind. Charlotte hielt zu ihm. Auf Geheiß seiner Frau Charlotte, verbot Ernst seiner Mutter, je wieder ihren Sohn Hermann in die Wohnung hinein zu lassen. Hermann durfte seine Mutter nicht mehr besuchen. Trennung auf Ewigkeit, oder Hermann nahm seine Mutter bei sich auf. Das wollten seine Familie und Geschwister nicht. Nach damaliger Sicht wäre es besser gewesen, Ernst und Charlotte hätten sich eine andere Wohnung beschafft und wären ausgezogen. Die Wohnung gehörte ja eigentlich Minna, wenn Ernst auch die Miete bezahlte. Wer weiß zur richtigen Zeit, was richtig ist? Das letzte Geschehen, Erscheinen des zweiten Sohnes aus ihrer Ehe hatte das Fass zum Überlaufen gebracht. Diese Blamage für Ernst und Charlotte. Es kam zum Bruch mit der Mutter. Diese durfte das Wohnzimmer nicht mehr betreten. Der Bewegungsbereich von Minna war ihre Schlafkammer und die Küche und die Benutzung der Toilette. Eines Abends sagte Minna zu ihrem Sohn Ernst: «Heute hat mich der Herr Pfarrer besucht und mir zum Geburtstag gratuliert.» Der Sohn antwortete der Mutter: «Ich verbiete dir, irgend jemand in meine Wohnung hinein zu lassen.» Flugs baute Ernst die Wohnungsklingel im Flur ab und verlegte sie in sein Wohnzimmer und Minna war isoliert, konnte keine Klingel mehr hören. Fuhren die jungen Leute in den Urlaub, wurde der Mutter grundsätzlich nicht gesagt, dass sie in den Urlaub fahren, und auch nicht, wohin. Die Post entleerte ein Bekannter aus dem Briefkasten, die Mutter hatte keinen Schlüssel. War die Schwiegertochter zu Hause, titulierte sie ihre Schwiegermutter mit den Anreden «Du Olle oder du Stinktier, mache dich aus dem Weg» oder andere Schimpfworte, die die Nachbarn hörten. Ernst wollte die Wohnung modernisieren und wurde eines Tages gefragt, wie weit bist du mit dem Umbau. Ernst sagte, ich kann noch nicht die Kammer meiner Mutter umbauen. «Die Alte gibt doch ihren Löffel nicht ab, sie stirbt einfach nicht!» Eines Tages war das Bett seiner Mutter infolge Morschheit zusammen gebrochen. Minna berichtete einem Bekannten das Malheur und bat, das Bett zu reparieren.

Dieser besah sich den Schaden und sagte, hier kann man nichts mehr reparieren. Notdürftig stellte er ein paar Mauersteine unter das Bett, sodass Minna im Bett schlafen konnte. Der Bekannte sagte zu Minna: «Sagen sie es ihrem Sohn Ernst, dass er ein neues Bett kaufen möge.» Aber bis zum Tode von Minna wurde kein neues Bett gekauft. Im Konsum kaufte die alte Frau Minna Lebensmittel und Kartoffeln ein. Als Minna bezahlt hatte, fragte eine Verkäuferin: «Wer trägt ihnen die Ware nach Hause? Haben sie keine Verwandten, die ihnen helfen können?» Frau Minna antwortete: «Ich habe keine Verwandten», obwohl sie mit ihrem Sohn und der Schwiegertochter in einer Wohnung zusammen lebte. Eine Verkäuferin trug die Ware in Minnas Wohnung.

Ein Vorkommnis anderer Art soll erwähnt werden. Minna wohnte mit Sohn und Schwiegertochter im zweiten Stockwerk des Wohngebäudes. Eines Tages wurde am Auslauf der Regenrinne festgestellt, das Wasser herauslief, trotzdem es nicht regnete und die heiße Sonne aufs Ziegeldach schien. Als Ursache wurde die Flüssigkeit als Urin mit vermischtem Wasser bekannt. Frau Minna hatte von ihrer Schwiegertochter ein Verbot der Toilettenbenutzung bekommen und so pinkelte Minna in einen Nachtopf, goss Wasser hinzu und goss dieses Gemisch durch das Dachfenster auf das Ziegeldach, was dann durch die Dachrinne nach unten strömte. Ein Mitbewohner im Haus stellte im Treppenhaus menschliche Exkremente auf den Stufen fest.

Durch Beobachtung sah er ein anderes Mal, dass Frau Minna in einem Eimer etwas herunter trug. Der Eimer hatte ein Loch, wo Exkremente heraus sickerten. Der Inhalt des Eimers wurde in einer Mülltonne entleert. Furchtbar, wie Frau Minna durch die Schwiegertochter behandelt wurde.

Genug der Schilderung von Einzelheiten, wie die Mutter durch Charlotte und den Sohn behandelt wurde. Alles ist den Nachbarn und Bekannten zur Kenntnis gekommen. Die Besuche von Freunden und Bekannten hatten aufgehört, es gab keine Feiern und Feten mehr. Was war sonst noch bekannt geworden? Bewohner der Nachbarschaft müssen mehr erfahren und gewusst haben als die unmittelbaren Wohnungsnachbarn im Haus. Mitte der Achtzigerjahre im 19. Jahrhundert läutete es an der Wohnungsklingel eines Mitbewohners des Hauses, in dem ja auch Frau Minna, Ernst und Charlotte wohnten. Eine Dame stand an der gemeinsamen Haustür des Wohnhauses und stellte sich als Fürsorgerin vor. Sie bat um Entschuldigung für die Störung und sagte: «Ich möchte Frau Minna besuchen, es meldet sich aber niemand auf mein Läuten.» Die Nachbarin sagte: «Ich glaube ihnen, Frau Minna hat keine Türklingel.» «Wie komme ich dann zu Frau Minna?», fragte die Fürsorgerin. «Da haben sie Glück», sagte die Nachbarin, «der Sohn Ernst ist zu Hause und werkelt in seinem Stall.» «Wo ist der Stall», fragt die Fürsorgerin und die Nachbarin erklärt es.

Natürlich war es wie überall. Die Neugierde bewog die Nachbarin, hinter einem Fenstervorhang auf Beobachtungsposten zu gehen und sie sah, wie Ernst und die Fürsorgerin auf das Haus zukamen und die Fürsorgerin zu Ernst sagte: «Nein, Herr Ernst, zu Ihnen, zu einer Unterhaltung will ich nicht, sondern zu ihrer Frau Mutter, um mich allein mit ihr zu unterhalten. Bringen sie mich dort bitte hin, und Sie können an ihre Tätigkeit zurückkehren.»

Die beiden entschwanden den Blicken der Nachbarin. Kurze Zeit danach kam Ernst von oben herunter und verschwand in seinem Stall. Nach einer halben Stunde kam die Fürsorgerin von Frau Minna zurück und traf unten im Gemeinschaftsflur die Nachbarin, die den Flur aufwischte. «Ach, da sind sie ja», sagte die Fürsorgerin. «Nein und abermals nein», sagte sie. «So geht es aber nicht, wie die Frau Minna in einer Dachkammer hausen muss. Die schrägen Dachwände sind nicht gegen Kälte isoliert, eine Heizung ist nicht vorhanden, das Bett ist zusammen gebrochen und steht auf untergelegten Steinen und die Wohnungseinrichtung ist so primitiv, dass man gar nicht glauben kann, dass es in unserem Staat solche Zustände gibt. In diesem Gelass kann die Frau Minna nicht länger verweilen.»

166

Zwei Tage später kam ein Krankenwagen vorgefahren und neben dem Fahrer stiegen die Fürsorgerin und eine Pflegerin heraus.

Es wurde bei der Nachbarin geläutet und alle drei stiegen die Treppe zu Frau Minna empor.

Der anwesende Sohn öffnete die Wohnungstür und führte das Pflegepersonal zu seiner Mutter. Frau Minna und dem Sohn Ernst wurde erklärt, dass Frau Minna nicht länger in diesem Wohnloch verbleiben kann, sondern einem Pflegeheim überstellt wird. Frau Minna wurde aufgefordert, Toilettenartikel und Wäsche einzupacken. Es hieß, Frau Minna bleibt dort so lange, bis normale Wohnverhältnisse geschaffen sind.

Bekannte besuchten Frau Minna im Pflegeheim und erfuhren, dass weder der Sohn noch die Schwiegertochter die Mutter Minna besuchten. Diese hoffte Stunde für Stunde auf einen Besuch von ihrem Jungen Ernst, war er doch ihr alles gewesen, um den sie gelitten, geweint und gebetet hat, um ihn zu behalten, ihn groß zu ziehen.

Wegen diesem damals ungeborenen Sohn hat sie ihren Ehemann und ihre vier Kinder verlassen und wird nun bis an ihr Lebensende durch den Sohn und die Schwiegertochter verachtet.

Einige Tage, nein, Wochen vergingen mit Frau Minna im Pflegeheim. Sie hatte keine Kraft mehr ohne ihren Ernst, oder hieß er nicht einmal Kasimir?

Sie siechte und verstarb aus Gram an ihrem Sohn. Was ihr ihre Schwiegertochter bedeutete, sei dahin gestellt. Liebe wird es nicht gewesen sein, eher gegenseitiger Hass. Frau Minna hat ihren Lebensweg beendet. Sie genoss die Freuden der Jugend, erlebte die Liebe in vollen Zügen bis zur Neige. Sie verließ ihren Ehemann, ihre vier Kinder und ihr Heimatland wegen der Frucht der Liebe und lebte in einem fremden Land, musste diese zweite Heimat zwangsweise unter Hass verlassen und lebte fast die Hälfte ihres Lebens mit ihrem zuletzt geborenen Sohn Ernst unter einem Dach. Diese Frau ist nahezu 90 Jahre alt geworden und hatte ihren Verstand immer beisammen, auch ihre Beine machten bis zu ihrem Tode mit.

Frau Minna wurde in aller Stille auf dem Friedhof ihres Wohn- und Sterbeortes begraben. Das Grab erhielt einen schlichten Grabstein und wurde durch Bekannte der Familie gepflegt. Es ist nicht bekannt geworden, ob der Sohn oder die Schwiegertochter jemals das Grab der Mutter Minna aufgesucht haben.

Schämten sich die beiden, dass die Mutter in ihrer Jugend einmal leichtsinnig geworden ist? Solch ein Ausbrechen aus der Fron der Ehe ist doch menschlich.

Und die beiden, Ernst und Charlotte, waren sehr gläubige Menschen, die jeden Sonn- und Feiertag zum Gottesdienst gingen, beteten und an den Gott der Liebe glaubten, ihre Sünden beichteten, hatten aber keine Verzeihung für ihre Mutter.

War es eine Strafe ihres Gottes, dass die beiden, Ernst und Charlotte, keine Kinder bekamen und kinderlos in die Ewigkeit vergehen?

Es ist alles gesagt worden zum Leben dieser Romanhelden, was zu sagen war. Nein, es muss widersprochen werden, es ist kein Roman, es ist eine Erzählung, die auf Tatsachen beruht. Es war ein Leben, wie es sich täglich wiederholen kann, denn es waren und sind Menschen, die aus eigenem Tun handeln und leben.

Die Namen der Personen sind verändert, nicht wirklich genannt, die Wohnorte bleiben unerwähnt, um Ähnlichkeiten mit toten und lebenden Menschen zu vermeiden.

ENDE DES DRITTEN KAPITELS

Epilog

Im Nachhinein zum Schreiben dieses Buches, muss ich an ein Treffen mit meinem Schulkameraden Gerhard denken. Rein zufällig sahen wir uns beim Einkauf im Supermarkt. Hallo, beiderseits, wie geht, wie steht es? Alles in Ordnung, war die Antwort von uns beiden. Gerhard sagte zu mir: «Hast du deine Biografie zu Ende gebracht?» «Ja», sagte ich, «meine Schreiberei hat sich zeitlich verschoben und mein Buch wird in den nächsten Wochen auf den Markt kommen.»

«Ich gratuliere dir», sagte Gerhard und fügte hinzu, «ich getraue mich nicht, ein Buch zu schreiben.»

Ich antwortete: «Ja ich weiß, dein Hobby ist dein Kleingarten.»

Gerhard sagte: «Du kennst mich ja und weißt Bescheid. Ich hätte gern gewusst, was du nun an deinem Lebensabend für ein Hobby hast?»

Ich antwortete: «Ach Gerhard, du kennst doch das Sprichwort: Rentner haben keine Zeit.

«Und?», war seine Frage.

Ich antwortete ihm: «Ich schreibe an einem zweiten Buch.» Ich sehe ein Erstaunen in seinen Augen und seine Frage kam: «Worüber schreibst du denn jetzt?» Meine Antwort lautete: «Ich schreibe Kurzgeschichten über die Liebe, über Leidenschaften und so weiter.»

«Du spinnst ja», sagte er. «Traust du dir zu, deinen Namen als Autor herzugeben, hast du keine Scham? Willst du in dem Buch über Penisse, Vaginas und Geschlechtsverkehr schreiben? Willst du auch schreiben, «ein Mösenhaar hat mehr Zugkraft als ein Ochsenkarren?»

Er fragte: «Erinnerst du dich an unsere Gespräche bei Beendigung unserer Schulzeit?» Ich antwortete ihm: «Ja, Gerhard, wir redeten über Liebe und über Fi…, über Mädchen, und ich weiß nicht, über was wir alles geredet haben und wussten doch nichts Genaues.» «Ja», sagte er: «Wir haben heimlich über alles geredet und heute nach 60 Jahren sind es andere Zeiten. Da ist man nicht mehr so gehemmt. Aber hast du die Thematik, das Thema deiner Geschichten in deinem Kopf aufschreibbereit ausgedacht?»

«Nein», sagte ich, «es sind Ereignisse die sich einmal früher oder später zugetragen haben und von denen ich erfuhr oder sie auch erlebte und die ich in meinem Buch geordnet für den Leser oder die Leserin auf geschrieben habe, und sie erfahren können, was es im menschlichen Zusammenleben alles gegeben hat oder auch noch geben kann.

Dieses von mir geschriebenes Buch ist kein sogenanntes Sexbuch. Es werden erotische Leidenschaften erwähnt, die auch zum Nachdenken über das eigene Leben anregen können.»

«Ja», sagte Gerhard, «ich glaube dir, dass du dieses Buch schreiben kannst. Toi, toi, toi.»

Vor unserem Auseinandergehen erzählte ich Gerhard noch einen Witz, ich habe diesen Witz in einem Buch gelesen. Der Witz heißt:

«Mama, Mama, wie wurde ich geboren?
Liebling dich hat der Storch gebracht!
Aha ... dann hat Papa also den Storch gefickt!»